Die Mooie Jan

en ander Afrikaanse kortverhale

———

Saamgestel deur:

Anine Vorster & Anita Stander

———

Eerste gedrukte uitgawe:

ISBN: 978-1-77605-618-7
E-boek: 978-1-77605-617-0

Teksuitleg: Janet Von Kleist
Taalversorging: Anine Vorster
Omslagontwerp: Anita Stander
www.kwartspublishers.co.za

Die Mooie Jan

en ander Afrikaanse kortverhale

Inhoudsopgawe

Voorwoord

By Kwarts praat ons elke dag met skrywers en elkeen het 'n ander storie om te vertel. Sommige is al 'n paar keer om die blok en het dalk selfs al 'n boek of twee gepubliseer. Ander is nog huiwerig om hul geskrewe werk aan die kritiese oog van 'n leser bloot te stel. Dit vat baie moed om jou naam in die hoed te gooi met die wete dat verwerping jou voorland mag wees, maar een of ander tyd moet jy as skrywer die water toets ... Onthou altyd die woorde van een van die bekendste skrywers van ons tyd, Graham Greene, in sy boek *Ways of Escape*:

> *"Writing is a form of therapy; sometimes I wonder*
> *how all those who do not write, compose, or paint can*
> *manage to escape the madness, melancholia, the panic*
> *and fear which is inherent in a human situation."*

Ons verstaan iets van die hunkering van 'n aspirantskrywer dat sy of haar werk deur ander gelees moet word, maar om te kan publiseer lyk vir die meeste soms soos 'n veraf droom. Dié kortverhaalbundel is juis saamgestel om aan hierdie skrywers 'n kans te gee om die vreugde om sy of haar storie gepubliseer te sien, te ervaar. Met die bundel wil ons ook 'n bydrae lewer tot die bevordering en behoud van ons geliefde Afrikaans.

Daar is stories van uiteenlopende aard in hierdie bundel. Ons het nie 'n spesifieke genre voorgeskryf nie en die enigste vereiste was dat dit Afrikaanse fiksie moet wees.

Sommige inskrywings het ons verras met hul "andersheid", en ander het weer bekoor met hul raak beskrywings van alledaagse dinge. Humor, romanse, nostalgie en eksentriekheid sal jy vind. Die kriminele elemente sluip ook hier en daar in en selfs fantasie maak 'n draai op hierdie bladsye. Wees verseker: Nie al die stories in hierdie bundel gaan in elkeen se smaak val nie, maar elke verhaal wat gekies is, het op sy eie manier meriete.

Ons wil graag voorstel dat jy hierdie bundel soos 'n kleurvolle pak gemengde lekkers benader! As jy dus 'n storie lees wat vir jou 'n bietjie suur, te soet, of dalk pleinweg vreemd proe, probeer dan eerder 'n ander een ... Jy gaan beslis iets hierin vind wat vir jou die ervaring die moeite werd gaan maak!

Baie dankie aan elke skrywer wat gewaag het, want sonder julle was hierdie bundel nie moontlik nie. Spesiale dank aan Danie Joubert, Elmarie Claassens en Wim du Toit vir die hulp met lees en evaluasie.

Lekker lees!
Die samestellers: Anine Vorster en Anita Stander

Die mooie Jan

Herdie Grobbelaar

Sy staar na die rekenaarskerm. Hy staar terug. Leeg. Soos haar skrywersiel op hierdie Maandagoggend. Paniek warrel deur haar binneste en kom plant sy aaklige, vet bene vierkantig op die brug na die kreatiewe korteks van haar brein. Daar waar haar stories en karakters skuil. Hoe sy ook al spook en spartel, sy kan net nie by hulle uitkom om hulle te red en lewe in hulle te blaas nie.

Die ketel se gefluit ruk haar terug van die eiland van wanhoop en sy staan dankbaar op om haar soveelste koppie koffie van die oggend te gaan ingooi. In die kombuis gaan sy moedeloos staan.

Gisteraand se vuil braaipan en hoop skottelgoed grinnik breed op die taai marmerblad. Die vullisblik loop oor en Flooi het moedswillig deur haar piering melk geloop tot in die eetkamer waar die wit spoortjies op die mat verdwyn.

Sy steek tong uit vir die koffievlekke op die toonbank en haal die laaste skoon beker uit die kassie bokant die ketel.

Heleen se skouers hang terwyl sy haar koffie in die deurmekaar sitkamer gaan drink waar koerante en tydskrifte gesaai op die banke en koffietafel lê. Die TV se plasmaskerm loer beskuldigend na haar deur sy stoflaag.

Dis nie dat Heleen 'n swak huisvrou is nie, inteendeel. Sy is goed grootgemaak en probeer haar bes om ten alle tye 'n voorbeeldige ma te wees wat haar kinders met liefde en in 'n redelike kiemvrye omgewing grootmaak.

Die ding is net, sy het 'n spertyd. 'n Grote, wat bloedrooi vanaf die kalender teen die muur op haar afkyk. Sy het al vir die datum 'n snor en wenkbroue geteken om dit meer genaakbaar te maak, maar dit lyk nog steeds woedend en demonies. Die eerste paar hoofstukke van haar opvolgroman oor Karlientjie en haar aantreklike en geheimsinnige prokureur moet Woensdag by die uitgewer wees. En tussen haar ore en in haar hart is geen woorde vir die rekenaarskerm of Karlientjie nie. Niks, nie eens 'n titel nie.

Moedeloos staan sy op om te gaan stort en ten minste die kombuis leefbaar te kry voor die kinders van die skool af kom. As enkelma en skrywer van net een blitsroman, is daar nie nog geld vir 'n huishulp nie. Die woorde sou dalk al gevloei het as sy nie so baie berge gehad het om te klim nie.

Sy het al alles en almal die skuld gegee hiervoor. Die hond langsaan wat aanhoudend blaf; Suna se skooltaak; die artikels vir die tydskrif wat moet sorg vir brood op die tafel, en vandag kom staan die skottelgoed, stof en wasgoed weer mooitjies tussen haar en haar spertyd. Sy het haar struikelblokke probeer verduidelik vir die uitgewer, maar die bleskopmannetjie het net sy bril afgehaal en tydsaam op die glase geblaas en dit met sy spierwit sakdoek blink gevryf. Na 'n minuut of twee van woorde opweeg, het hy haar in sy temerige stemmetjie gewaarsku dat hulle nie tyd het om met skrywers te sukkel wat te lank op gister se sukses ry nie.

"Daar is baie nuwe en goeie opkomende skrywers, Heleen. As die eerste drie hoofstukke nie teen die agtiende by my is nie, laat jy my geen ander keuse nie ..." Sy dreigement het soos die stoflaag in haar huis, op haar hart kom lê.

Die harde klop aan die deur ruk haar genadiglik terug na die hede en met haar hare in 'n pienk handdoek toegedraai en haar ou, afgeleefde kamerjas om haar skraal, klam lyf, stap Heleen eers venster toe om te kyk watter ouderlingsvrou of smous nóú weer haar nota by die voordeur ignoreer. Om praatsiek buurvrouens en lasposte weg te hou, het sy 'n A4-plakkaat laat maak wat sy elke dag om die voordeur se handvatsel hang. Dit lees hard en duidelik: "Gaan weg, ek skryf".

Dan snak sy na haar asem. Die mooiste man op twee bene staan op haar voordeurmatjie en speel met haar nota. Hy lyk soos Tom Cruise se mooier boetie, maar met een verskil: Die man is aangetrek soos 'n hippie in sy oranje en rooi knoopkleur T-hemp en verbleikte jeans. Hy spog met 'n moderne, kortgeknipte baard en sy hare is agter sy kop in 'n manbolla vasgemaak. Slanke bruin voete steek by 'n paar handgemaakte strandplakkies uit.

Sy maak die deur behoedsaam op 'n skrefie oop en loer vir hom. Die veiligheidshek versterk haar bravade as sy hom kortaf groet met 'n "wat jy ook al verkoop, ek het tien daarvan".

"Môre, Mevrou. Gee my net 'n kans om te verduidelik, asseblief?" Sy stem is diep en sy dink dadelik aan goeie rooiwyn en donker sjokolade. Sy moet hard fokus om nie haar oë behaaglik te sluit nie.

"My naam is Jan en ek is 'n finalejaarstudent in sosiologie. Ek doen navorsing oor enkelouers wat van die huis werk om die beste van albei wêrelde te kan hê. Jou uitgewer het jou besonderhede vir my gegee." Hy vervolg met 'n effense verwyt in sy stem: "Ek het probeer skakel, maar u het elke keer die foon doodgedruk." Met dié hou hy 'n sterk, bruingebrande hand uit met 'n dokument. Sy herken die universiteit se wapen en neem ergerlik die twee velletjies papier by hom.

Nadat sy die hele dokument tydsaam en sorgvuldig deurgelees het, vra sy hom om te wag sodat sy die uitgewer kan skakel om te hoor of hy wel die mannetjie na haar gestuur het om haar dag verder te kom omkrap. Bleskopmannetjie se sekretaresse is baie apologeties, maar bevestig dat Jan Strydom wel is wie hy sê hy is.

Heleen vertrou nog altyd haar instink en hierdie keer sê dit dat die outjie maar kan binnekom. Sy vra hom om te wag in die sitkamer sodat sy haarself darem respektabel kan gaan maak.

Na 'n vinnige kam deur haar nat hare, 'n veeg lipstiffie, jeans en 'n los hemp, stap sy deur sitkamer toe, maar daar is geen spoor van Jan nie. Dit sal haar leer om haar deur oop te maak vir vreemdelinge! Sy gryp die sambreel in die gang en loop agter die geluide aan tot in haar kombuis.

Jan is besig om skottelgoed te was en langs hom fluit die ketel gesellig.

"Ek kan sien jy het bietjie hulp nodig, en ek gee glad nie om om te help nie. My ma was ook 'n enkelouer en ek en my broer moes ons kant bring." Hy flits 'n stel spierwit tande in haar rigting en sy bruin oë vonkel prettig. Sy merk ook met genoegdoening dat sy blik vinnig op en af oor haar lyf gly. Hy bloos bloedrooi toe hy weer haar oog vang.

Heleen se kombuis is te klein vir albei van hulle en sy gaan sit maar gedwee by die ontbyttoonbank en hou die geselsende hippie dop terwyl hy soos 'n pro heen en weer in haar kombuis rondloop en skoonmaak. Tussen die koffiemakery deur gesels hy onderhoudend en voor sy haarself kan keer, vertel sy hom haar storie. Haar en Pieter se storie. Op 'n manier is dit makliker om dit vir Jan te vertel. Sy oë sê: Pak af, vertel en kry dit uit jou sisteem. Hy verstaan dié goed, al is hy jonk en ruik sy asem nog na melk.

Pieter en sy was twee jong, verliefde swape wat op 'n oorsese rugsaktoer ontmoet het. Hulle het eendag sommer besluit om op 'n eiland in Thailand te trou waarna hulle terug in Suid-Afrika in 'n vuurhoutjiedosie van 'n woonstel kom bly het. Hulle het letterlik op koue water en liefde oorleef, maar na 'n paar jaar besef hulle is eintlik beter vriende as eggenote. Tog het hulle weer probeer en na tien jaar, twee kinders, 'n kat, 'n hoop skuld en een suksesvolle boek, besluit om halt te roep. Nou is Pieter in die Bosveld besig om die renosters te red en sy probeer haar en die kinders se lewe bymekaarhou met haar skrywery.

So blaker sy haar storie uit en Jan luister. Mooie Jan met sy bolla en sterk vingers wat haar kombuis aan die kant maak, die kat se spore opdroog en haar verlepte viooltjies in die venster water gee.

'n Rukkie nadat hy weg is met 'n versoek om weer die volgende dag te kom gesels, gaan sit Heleen by haar rekenaar. Haar vingers begin dom oor die sleutelbord spring en dan algaande vinniger en doelgerig totdat die woorde vloei soos fyn sout uit 'n bottel. Sy skryf totdat sy die kinders by die skool moet gaan haal en wanneer hulle elk met 'n toebroodjie in die sitkamer verdwyn, gaan sy soomloos aan met skryf. 'n Vuur brand in haar binneste; haar karakters kry vlerke en siele. Hulle gaan op 'n vlug verby die son en die planete, hulle huppel oor madeliefievelde en hulle swem in helder water.

Die volgende oggend, met haar tweede koffie in die hand, druk sy die stuurknoppie op haar rekenaar. Sy het nie drie nie, maar vyf hoofstukke aangeheg vir die bleskopmannetjie. Die res van die storie is vasgevang in notas en oral opgeplak teen die muur voor haar.

Selfs die kinders verbaas haar. Hulle het hul kamers en die badkamer aan die kant gemaak voordat hulle skool toe is. Die kombuis lyk self nie te aardig nie.

Nou moet sy gou gaan stort en aantrek voor Jan kom. Mooie, flukse Jan; haar persoonlike muse. Jan met die rooiwyn-en-tjoklit-stem, en dan lyk hy ook glad nie sleg met 'n vadoek in die hand nie.

Met hierdie gedagte tik Heleen 'n bietjie van haar laaste peperduur parfuum aan haar polse.

Charlotte se nageslag

Alwine Fölscher

Barbie in 'n snyerspakkie! Sal hierdie vrou wat oorkant Nelia sit haar ooit kan help? Is sy ooit regtig 'n sielkundige? Die vrou oorkant haar glimlag bemoedigend. "'n Fobie? Watter een?"

Nelia druk 'n rooi haarsliert agter haar oor in. Sy leun onbewustelik vorentoe terwyl sy dramaties fluister: "Aragnofobie!"

Barbie knip nie 'n blou oog nie. Sy lyk skielik professioneel en gereed om die bul by die horings te pak, asof sy presies weet wat om te doen. Nelia slaak per ongeluk kliphard 'n sug van verligting.

"Kom ons gaan terug na die eerste keer toe jy bang was vir 'n spinnekop. Kan jy dit onthou?"

"Soos gister!"

"Kan jy my daarvan vertel?"

Nelia maak senuweeagtig haar keel skoon. "Net na my vyfde verjaarsdag het ons vir tien dae gaan vakansie hou in Oos-Londen. Ons het só daarna uitgesien! Na 'n bitter lang pad het 'n pragtige dubbelverdiepinghuis voor ons opgedoem. Ek het gestaan en trippel terwyl my pa die voordeur oopsluit – van opgewondenheid, maar ook omdat ek wou toilet toe gaan.

Nadat ek die saak afgehandel het, het ek opgewonde deur die huis gehardloop om alles te ondersoek. Die hoofslaapkamer was laaste aan die beurt. Iets teen die plafon het my aandag getrek. Met die opkykslag het 'n geluid uit my mond gekom wat ek nie geweet het ek kan voortbring nie! My pa, ma, broer en suster was binne sekondes in die kamer. Hulle het stadig my blik tot teen die plafon gevolg. Die plafon was oortrek met enorme reënspinnekoppe – hulle het poot teen poot gesit, sodat mens amper nie die wit van die plafon kon sien nie! 'n Geskokte stilte het oor my gesin neergedaal. Daarna het almal gelyk begin praat. Die dorp se goggavangers kon eers die volgende dag kom! Ons het maar in die sitkamer gestres ... ag, ek bedoel geslaap, alhoewel niemand eintlik geslaap het nie. Wanneer ek my oë toegemaak het, het ek net spinnekoppe gesien."

Barbie lyk geskok. "Sjoe, dis erg, ja! Nou toe, kom ons werk 'n bietjie daardeur!"

"Nee, wag!" keer Nelia. "Ek is nog ver van klaar af."

Barbie lig haar geplukte wenkbroue. "Regtig?"

"Ja. Dit was net die begin. Op sestien het ek al heeltemal van spinnekoppe vergeet. Om saam met Lana, my beste vriendin, op 'n Bosveldplaas by Hoedspruit te gaan vakansie hou, was veronderstel om 'n groot lekkerte te wees. Dit was ook, totdat die boer besluit het om vir ons 'die plaas te gaan wys'. Sý idee daarvan was om deur honderde reusagtige spinnerakke te ry, sodat 'n legio Bosveldspinnekoppe agter by my, Lana en haar pa in die oop bak beland het! Arme oom Piet het sy bes probeer om die spinnekoppe teen dieselfde tempo uit te gooi as wat hulle inval! Ek en Lana was egter albei histeries! Ek het teen oom Piet opgeklim asof hy 'n paal was en myself om sy nek drapeer. Daarna het ek my disnis geval toe hy my afskud en koorsagtig die spinnekopplaag aandurf. Nadat die boer die tiende spinnerak reg in die middel getref het, beklim ek en Lana vir oom Piet, totdat hy genoeg gehad het. Hy het een magtige hou teen die agterste venster geslaan en gebulder: "Dis genoeg! Stop dit nou!"

Die boer het die bakkie gedwee omgedraai en koers gekies plaashuis toe, waar oom Piet hom goed laat verstaan het wat hy van sy plesierrit gedink het! Sy verdiende loon!"

Nou lyk Barbie doodeenvoudig baie ongemaklik.

"Goed, kom ons ... "

Nelia begin geïrriteerd voel.

"Ek is nóg nie klaar nie!"

"Op my agtiende verjaarsdag het 'n rooi roman-plaag ons dorpie getref."

Barbie trek haar mooi gesiggie op 'n plooi.

"'n *Watse* plaag?"

"Rooi roman-spinnekop! Hulle is rooi en was daardie jaar erg romanties! 'n Massa babatjies is verwek – almal op ons erf! Elke keer wanneer iemand histeries my pa geroep het om een te kom doodmaak, het hy aangedraf gekom met 'n glasfles en piering. Maak nie saak hóé mens my pa gesmeek het nie, hy het net gesê: 'Mens kan nie die arme kreatuurtjie doodmaak nie. Ek sal hom ver vrylaat.'

'Soos op die maan, Pappa? En wat as hy weer hier instap?'"

Nelia rol haar oë.

"Hulle het altyd weer ingestap!"

Barbie maak nog net haar mond oop, toe val Nelia haar weer in die rede: "Om nie te praat van my arme Lucretia-kind se beproewing nie. Nooit gedink ek sal op veertig aan soveel stres blootgestel word nie!"

Barbie se kleur begin bietjie vaal lyk. Sy kry kwalik die woorde uit: "Wat ... wat het gebeur?"

"Wel, ek en Chloé, my oudste dogter, het heerlik voor die kaggel gesit en ontspan. Lucretia se skielike gil het ons soos twee naellopers met die trap op laat storm. Haar stemtoon het verklap dat dit 'n ernstige saak was! Arme Lucretia het huilend op haar bed gesit. Sy is gyselaar gehou deur 'n tamaai reënspinnekop wat hom tussen haar deur en die kas tuisgemaak het! My man was nie by die huis nie. Ek was volgende in die ry van verantwoordelike persone. Ek het amper flou geval! Dit was 'n saak vir die goggaliefhebber, want sy's die enigste een wat nie bang is vir spinnekoppe nie.

'Chloé, kry die Doom!'

Sy het reggestaan met die Doom, maar gehuiwer ...

Ek het half histeries gegil: 'Spuit hom!'

'Maar Mamma, dis eintlik so jammer om hom dood te maak!' het die kind sowaar vir my gesê!

Op daardie oomblik het die besoeker besluit om kas se kant toe te wandel. Ek het besef dat as hy eers agter die kas in is, ons nooit gaan weet waar hy is nie! Lucretia het dit duidelik ook besef, te oordeel aan haar vlymskerp gille. Daarom gryp ek toe die Doom en spuit hom spierwit. Hy het egter steeds agter die kas ingehardloop! 'n Sekonde later het hy weer uitgepeul en op die mat neergeplons. Ek was so dankbaar dat ek die ander helfte van die blikkie Doom op hom leeggemaak het. Hy het egter nog steeds beweeg! Chloé was nie beïndruk nie: 'Dis genoeg, Mamma! Hy is basies dood.'

Ek het by Lucretia op haar bed gaan sit om my arme, histeriese kind te troos. Toe, soos iets uit 'n riller, het ta uit die dood verrys en heeltemal normaal oor die mat gewandel! Ek het vermoed dat Lucretia gaan ontplof van die skok! Die Doom het gesukkel, maar ek het elke laaste druppel uit daardie blikkie gepers. Uiteindelik het hy in 'n grillerige bondeltjie opgekrul."

Hierdie keer kry Barbie nie eers kans om haar mond oop te maak nie. Die gedagte kom lê wel ongemaklik in Nelia se agterkop dat die vrou voor haar vreemd begin optree. Sy slaan in koue sweet uit en ril merkbaar! Wanneer sy wel 'n woord inkry, klink haar mond soos 'n stuk kurk.

"Ek was 'n rukkie gelede in 'n motorongeluk."

Barbie lyk merkbaar verlig dat ek die onderwerp verander het, maar haar verligting is van korte duur.

"Ek was gelukkig alleen in die motor. Ek was op pad om my dogter by haar perdryles te gaan haal. 'n Baie groot, swart spinnekop het van nêrens af uitgepeul, net om senuweeagtig reg voor my oë aan die *binnekant* van my voorruit verby te skarrel. Ek het besef dat dit net ek en hy is, in 'n hopeloos te klein ruimte! Ek het hom nog so in die ry met my selfoon probeer slaan. Toe kraak my selfoon se skerm. Ek was so ontsteld oor my foon en die besoeker dat ek beheer oor die motor verloor het. Ek het met 'n spoed teen 'n boom vasgery! Daarna het ek met 'n bitter seer been dadelik uit my opgefrommelde motor geval – enigiets om van daardie spinnekop af weg te kom! Ek was vir 'n week in die hospitaal met my gebreekte been in traksie. My motor is afgeskryf. Net daar het ek besluit dat ek hierdie spinnekopding sal moet uitsorteer!"

Barbie lyk glad nie goed nie. Haar gelaatskleur is nou grys! Sy wend wel 'n poging aan om vir Nelia te help. "Dalk sal dit help om aan *Charlotte's Web* te dink wanneer jy met 'n spinnekop gekonfronteer word? Charlotte was so 'n dierbare ou skepseltjie ..."

Nelia kan nie help om haar oë te rol nie.

"Dis 'n *stórie* – baie ver verwyderd van die werklikheid!"

Sy loer agterdogtig na die fyn, blonde dame voor haar. Haar snyerspakkie en hoëhakskoene spel professioneel, maar iets is fout ... Nelia skud fronsend haar koper hare uit haar gesig.

Dan gebeur dit! 'n Stewige, onbekende tipe spinnekop wandel op die mat tussen die twee vrouens deur met 'n uiters vermakerige houding. Voordat Nelia behoorlik kan skrik, gee die sielkundige die moeder van alle gille! Binne 'n sekonde is sy bo-op haar stoel! Nelia vererg haar bloedig, pluk haar skoen uit en moker die slagoffer dat die sop spat. Dan gluur sy na Barbie.

"Regtig? Jy weet ek gaan jou nie betaal nie, nè?"

Die deur klap net effens te hard agter haar toe.

Franse sjarme op 50

Adri Vlok

"Hierdie jaar gaan ek darem myself groot bederf," laat weet ek so per toeval aan die ontbyttafel. "Dié jaargetal gaan mos nie weer oor my pad kom nie."

Drie jaar gelede, nadat ek al deur 'n reeks episodes van depressie was oor my afgeskeepte, en soms vergete, verjaarsdae, het ek besluit om myself die marteling te spaar en my klomp huismense te herinner ... om teleurstelling te voorkom. Aan die begin het ek subtiele woordjies laat val, maar naderhand sommer reguit laat weet: "Ek verjaar môre en ek wil bederf word", en self my koek gebak.

"Sê net wat jy wil hê, dan doen ons dit," kom dit uit my man se mond met die twee seuns se kopknikke agterna.

"Ek wil nie sê nie! Waar lê die verrassing dan? Ek wil net vir een dag spesiaal voel."

Die fronse op die gesigte het my laat besef dat die vroumensgebrabbel absoluut niks bydra tot hul verstaan van hoe dit voel om spesiaal te voel nie.

"Dan reël ek dit maar self," staan ek vieserig op om die borde van die ontbyttafel af te dek.

"Laat weet maar wat ons kan doen," word saggies in my oor gefluister voor 'n soen op my wang geplak word, hoed geneem word, en die sifdeur agter die boer toeklap.

Ek begin met my ideale dag se beplanning. Ag, kom ons maak dit sommer 'n hele naweek se viering, besluit ek terwyl ek nog myself bejammer oor die onromantiese siele waarmee ek my huis moet deel. Ek stap kantoor toe en haal 'n vel papier uit wat onder 'n hoop boeke lê. Ek kyk vlugtig wat daarop geskryf is, besluit dis nie so belangrik nie en draai die bladsy om en skryf bo-aan: "50!"

Ek probeer dink aan wat ek nog altyd wou doen. In 'n lug-ballon ry? Ek maak die skootrekenaar oop en soek na waar so iets gedoen kan word en baie belangrik, hoeveel dit gaan kos. Genugtig! sluk ek amper 'n wind toe ek die kostes sien en weet dit is definitief uit vir die vier van ons – selfs uit vir net ek en manlief. Daarmee kan ek 'n streep deur my tweede opsie ook trek. Die wisselkoerse vandag maak dat tuisbly 'n duur opsie is, nie eers te praat van iets soos die Franse platteland nie. "Sjoe, dit was darem 'n mooi fliek," dink ek hardop terug aan die dae voor kinders toe ek nog kans gehad het vir 'n romantiese fliek met 'n dik duvet. Die son wat so lekker warm en uitnodigend jou aan-trek oor die laventellande en die ... Franse manne! Die haan wat buite ontydig kraai laat my terugkeer na die werklikheid. Ek kyk op my horlosie en sien dis vieruur, die manne gaan nou enige oomblik inkom vir koffie. Ek staan op en gaan sit die ketel aan en pak solank die bekers uit. Die trekker se gedreun raak stil en ek wag outomaties vir die sifdeur om te klap.

"So, wat is die planne vir die verjaarsdag? Ek het 'n hele skeerspan geboek vir volgende week."

"Ek wil Kaap toe vir die naweek," besluit ek sommer net daar en dan, sommer uit moedswilligheid omdat die hele wêreld nie gaan stilstaan as gevolg van my verjaarsdag wat op hande is nie. Ek is nie eintlik depressief oor die nuwe era wat nou aanbreek nie; ek is eintlik heel gemaklik met wie, wat en waar ek nou is in my lewe en in my lyf. Ek sou dalk 'n kilogram of twee ligter wou wees en so bietjie minder dimpels langs die boude en bobene wou sien, maar eintlik voel ek nog heel goed. Ek werk gou vinnig my planne vir die naweek in my kop uit terwyl hy sy tweede stuk boerbeskuit in die moerkoffie doop.

"Vrydagaand kuier ons saam met jou familie en Sondag saam met my familie. Saterdagoggend gaan ek 'n bederfoggend neem in die spa. Iewers moet ek nog 'n kuier saam met 'n paar van my vriendinne inwerk en Saterdagaand wil ek 'n romantiese ete hê in 'n behoorlike restaurant."

"Iets soos 'n pizza?" Hy kyk op met 'n frons tussen sy oë.

Ek staan op en neem sommer die koffiebeker voor hom weg wat nog halfpad gedrink is. Terwyl ek aan die skree raak, vertel ek hom nou mooi dat ek nie oor die muur is net omdat ek "vyftig" agter my naam moet skryf nie. Daar is nog baie wat ek wil en *gaan* doen! Net omdat hy nie gedagtes kan lees van hoe 'n vrou se binnekant werk nie, is hierdie keer geen verskoning nie. Ek laat hom toe sommer ook goed verstaan dat hy darem net kan probeer om vir 'n slag iets romanties te doen. Na agt-en-twintig jaar se getroude lewe moes ek al iewers iets reggekry het om hom meer met sy emosies in voeling te laat kom!

"Dan is dit maar goed so, sê net hoe ek moet verander," sê hy terwyl hy opstaan en aanstaltes maak deur toe, want koffietyd is nou verby.

Ek dog ek gooi hom met 'n koffiebeker agterna, maar bedwing myself toe ons jongste vra: "Vir wat is Ma deesdae so omgekrap?" Ek staan doodstil om te hoor wat die onsensitiewe, onroman-tiese buffel gaan antwoord.

"Vroumense kry maar sulke dae, ou seun. Elke jaar wat hul ouer word voel hulle dit erger aan as mansmense. Gee net liefde, dit sal weer oorwaai."

Die res van die week is ek maar stillerig en hou my gedagtes besig met my lysie van wat ek alles vir die groot naweek moet inpak. Teen Woensdag moet ek seker die mense in die Kaap laat weet van my planne, maar ek kom nie sover nie. Die week se wroeging om die nuwe era in te stap, het my gedaan gelaat. Ek besef meteens: Ek is presies wie ek wil wees, waar ek wil wees en met wie ek wil wees. Ek sien selfs uit na 'n rustige aandjie, dalk 'n braaivleisvuurtjie, saam met my gesin.

Vrydagoggend van die groot dag breek aan en ek lê oopoë in afwagting vir my twee seuns om oudergewoonte op die bed te kom spring, elkeen met 'n selfgemaakte kaartjie in die hand. Pa draai dwars om my 'n klapsoen te gee en kondig met trots aan: "Ek sal vanoggend die koffie maak." Ek kry lag en kan net my kop knik in dankbaarheid. "Jy gaan seker darem vanoggend iewers vir ons 'n lekker sjokoladekoek bak?" word ook darem net so terloops gevra voor hy by die deur uit is.

"Sjoe, hoeveel kerse moet daarop wees?" vra die donkerkop wat al onder die kombers by my voete ingekruip het.

Ek kan net sug en sê: "Vyftig, Ouboet. 'n Groot, ronde vyftig!"

"Dis baie oud," laat sy broer ook van hom hoor.

Die dag verloop toe verrassend goed. Die koek is gebak en reg vir koffietyd. Telefoongesprekke tussendeur is geneem van langvergete vriende. Die feit dat manlief die middag met etenstyd aankondig dat hy vanaand laat van die lande af gaan kom, het my nie eers ontstel nie. Dit is Vrydagmiddag, so die twee seuns sal saamgaan lande toe; ek het die hele huis vir myself!

Teen vyfuur gaan draai ek die bad oop en gooi amper die helfte van die handelshuis se goedkoop badskuim daarin. Ek maak die gangkas oop en haal 'n hele pak lang, wit kerse uit wat gehou word vir die noodgevalle wat Eskom veroorsaak. Ek gaan haal 'n klomp ou pierings uit die onderste kombuiskas en begin die kerse een vir een staanmaak met hul eie was wat drup. Onder die bed trek ek die verlengingskoord uit en vanuit die gang lê ek die draagbare cd-speler aan tot in die badkamer.

Dis nog nie heeltemal donker nie, so die kerse het nie die effek wat ek in my geestesoog gehad het nie, maar ek hou van die atmosfeer wat in my kop afspeel. Ek trek my stadig uit voor die lang badkamerspieël en besluit vooraf om net my sensuele rondings raak te sien en verby die res te kyk. Op die maat van Afri-Frans kom die bekende deuntjies, maar met 'n romantiese taal wat my laat wegsak in die oorvol skuimbad. Met my een been op die bad se rand, lig ek my rooiwynglas vir 'n heildronk net toe die deur skielik oopvlieg en ek van skrik die koue vloeistof bo-oor my uitstort.

Ek kyk verby die strikdas (seker Oupa s'n), die bossie geel Afrikaners (wat ek herken van om die kraalmuur) en die boere-tan wat om die bo-arms en bo-bene lê en sien die groot boerehart wat alles sal doen, of probeer in die geval, vir die vrou wat hy liefhet.

"Waar is die kinders?" vra ek bekommerd.

"Afgelaai by Ouma ... sien, ek lees ook so nou en dan tydskrifte wat dié soort goed verduidelik."

"Je t'aime! Je t'aime!" dans die kersvlamme saam ...

Die mure bloei

Martha Scheckle

"Ek het nou nooit gedink ons sal ons eie gruwelmovie beleef in hierdie huis nie," verklaar Mercia dramaties, skaars 'n week na ons ingetrek het.

Haar pers baret hang skeef oor haar kop en haar oë spring bruin my kant toe. Gestewel en gespoor, in pers is sy, soos altyd op 'n Maandag.

"Ja, ja," sê ek bedaard en loop agter haar aan, maar dis erger as wat ek ooit gedink het dit kon wees.

Die classy sitkamer wat ons pas in oker organza en fluweel laat doen het, gaan uit fokus wanneer ek na die mure kyk. Rooibruin strepe traan vanaf die plafonlysie teen die mure af en loop in fyn drade amper tot onder. Dis gruwelik. Dit lyk nes 'n ou gruwelfliek wat ons jare gelede gesien het.

Ek deins agtertoe. "Dis afgryslik." Ek kon nog nooit bloed hanteer nie.

"Doen iets," sê Mercia. Sy het daardie hardkoppige trek om haar mond.

"Jy's die man van die huis. Miskien is dit nie bloed nie."

Ek kyk haar gegrief aan. Sy weet mos ek is 'n man, watse bewyse soek sy nou? Maar natuurlik kan dit nie bloed wees nie. Ek stap stadig na die muur en vryf 'n blerts af met my vinger. Dis darem dun, dink ek, en ruik teësinnig die rooibruin op my vinger.

"Ag nee man, dit het daardie ysterreuk." Nou is ek heeltemal omgekrap, en stap haastig na die badkamer om die bloed af te was.

Ons twee is nogal kunssinnig. Nie een van ons sien kans om verder ondersoek in te stel nie. Ons besluit om na die spesiale sitkamer te verkas en eerder niks vir iemand te noem totdat ons besluit het wat om te doen nie. Die hele ding is soos 'n bisarre droom.

Ons hou die televisiestel laat aan en kyk 'n kunsfliek. Dit gaan oor iemand wat gepla is met die maan, en het subtitels. Dit maak nie veel sin vir my nie, maar Mercia lyk geboei, so ek loer onderlangs na Facebook en stem saam dat die hoofkarakter baie stylvol is, al raas haar kop 'n bietjie.

Na 'n ruk sê Mercia: "Dink jy dis iets wat ons gesondig het? Hoekom word ons so gestraf?"

"Moenie laf wees nie," antwoord ek kortaf. "As dit môre nog daar is, vra vir Sophie om dit af te was."

En ons hou mekaar styf vas en luister na die donderweer. Miskien moes ons nie so 'n ou huis gekoop het nie, wonder ek. Pragtige ou gebou, dik mure, reliëfplafon, solder, en nou dit. Jy dink nooit dit sal met jou gebeur nie.

Die volgende oggend was Sophie die mure sonder kommentaar. Haar vadoek maak strepe van rooi oor die verf van dubbele fluweel in roomkleur, maar vee maklik af. Sy drink haar tee en eet haar pap en was die mure. Daarna kyk sy na haar sepie op die televisie terwyl sy die hemde tot iets wonderlik pars. Nou ja. Eintlik wens ek dat ek dinge so maklik kon hanteer.

Mercia het 'n rok aan wat so wit is dat dit amper ligpers is, en haar roesbruin hare is mooi geblaas en gekam. Sy eet haar gebakte eier noukeurig en noem tussen die happies deur dat sy haar siel ondersoek het en dat sy van nou af versigtiger sal lewe. Ek lewer geen kommentaar nie; hierdie tipe sielswroeging is nie vir my nie. Ek dink nie my lewe verdien bloeiende mure nie.

So gebeur daar niks verder nie en ons geniet die sonlig van Gauteng, koop nuwe linne vir die slaapkamer en verf 'n patroon teen die muur. Ons sit sulke Moulin Rouge-lampe op die bed-kassies, net nie in rooi nie, maar met kristalle; nogal elegant. Ons beplan om die langnaweek na Parys toe te ry vir skilderye om daarby te pas.

So beplan, so gedoen. Mercia se voorneme om 'n beter mens te wees, is so ietwat irriterend. Haar pogings bestaan meestal uit vroom opmerkings, maar ek is tevrede dat die mure hulle ook gedra en weerhou my van ongevraagde uitlatings.

Tot dit 'n paar weke later weer gebeur. Hierdie keer stap ek doodonskuldig in die sitkamer in en so waar as wragtig, daar bloei die mure weer! Die rooi wat teen die plafon afloop, blink sommer so in die lig van die stinkhout staanlamp.

Nou is Mercia goed histeries. Sy sit en drink haar chaitee in die mooi bekers toe die walglike strepe weer teen die mure begin afloop en sy gooi die beker met 'n vaart neer. 'n Blerts geelrooi tee val op die geweefde lappie op die koffietafel uit.

"Ag nee, oukei, oukei!" Haar stem is hoër as gewoonlik en sy werp haarself teen my borskas met trane wat uit haar oë spring en teen my nuwe trui drup.

"Ek het nie al die geld wat jy my gegee het vir die nuwe slaap-kamer gebruik nie. Die make-up special was te goed, ek het die res daarop spandeer!"

"Wat is dit nou, confession time?" vra ek half koud en slaan my blik afwaarts na die mooi Persiese tapyt om nie die mure te sien nie. Ek noem maar liewer nie die bedrag wat ek onlangs op my nuwe skoene spandeer het nie.

"Jy maak my trui sopnat. Komaan, vergeet nou daarvan. Hier-die storie is seker as gevolg van die vorige eienaars. Ons sal die dominee vra om te bid."

So gemaak, so gedaan. Ons nooi die dominee om so gou as moontlik die aand in te loer.

Sophie was weer deur die dag die mure en teen die middag kom die son uit na die oggendbui en die mure is weer pragtig roomkleurig.

Dominee Louw is 'n ouerige, rustige man met grys om sy slape. Hy drink rooibostee en loer vir ons oor die rand van die koppie, asof sy brein vinniger werk as sy woorde.

"Het julle die goed teen die mure êrens opgevang, soos in 'n fles?" vra hy na 'n rukkie.

Ons kyk vir mekaar, al twee grillend. Mercia haal 'n haar van my baadjie se diepblou mou af.

"Nee," kom terselfdertyd uit ons monde.

"Miskien is dít wat die vorige eienaar bedoel het toe sy gesê het dat sy genoeg gehad het van die groot ou huis?" bied Mercia tentatief aan.

"Wel, sy is 'n weduwee, so miskien het sy net 'n kleiner plekkie gesoek," antwoord die dominee.

"Ek sal vir oom Jaap vra om 'n draai te gooi by julle," sê hy nadat hy die koppie versigtig in die piering neersit. Hy staan stadig en effens styf op – 'n lang, maer man, effens kromgetrek, seker van baie krisisse hanteer en baie bruide gerusstel.

"Ja, en ek sal vir julle bid," is sy laaste woorde aan ons, half as 'n nagedagte, voor hy in sy alledaagse karretjie klim en stadig wegtrek.

Ons gaan maak vir ons nog tee en maak die gepreserveerde vye oop om op sogenaamde plaasbrood te eet; dit laat ons altyd beter voel.

Oom Jaap kom toe eers die naweek daar aan, asof dit nou 'n alledaagse ding is dat jou susters en broeders bloed teen hulle mure kry. Hy is kort en taai, half bruingebrand met klere wat effens moeg gedra is. Hy kyk ons berekenend aan. Ek is nogal vererg; hierdie ouderling lyk darem baie mak om so 'n groot probleem te hanteer. Hy vra vir koffie en ek gooi dit in die gewone bekers, mens weet nooit of hy die koppie skeef in die piering sal neersit nie.

Hy weet darem hoe om die uitstekende koffie te waardeer terwyl hy ons oor die twee voorvalle uitvra. Hy klap sy lippe so effens met die laaste sluk en staan dan op en stap na die sitkamermuur toe. Ek kan nie dink dat hy iets wys kan word met ons skoon mure nie.

"Kan ek in die dak klim?" vra hy na 'n rukkie. Met ons toestemming klim hy teen die aluminiumleer op en vroetel daarbo. Na 'n minuut of twee vra hy vir 'n beker water. Mercia en ek se gesigte is vraagtekens en sy dra die water aan. Hy buig uit die dak op ons neer en verdwyn met die beker.

"Gaan kyk na die muur," roep hy dofweg uit die plafon uit.

Ons gaan na die sitkamer, en sowaar, daar bloei die een muur so bietjie. Dit lyk so afskuwelik soos tevore, maar ek kry die gevoel dat ons die antwoord gevind het.

Ons rapporteer aan oom Jaap. Vanuit die plafon dawer 'n histeriese gelag en soos hy met die leer afklim, vee hy trane uit sy oë.

"So wat is dit?" vra ek verontwaardig.

"Die staallysie in die plafon is erg geroes, en die dak het 'n paar lekplekke," is sy antwoord toe hy uiteindelik bedaar.

"Dis dié dat die mure net tydens reën vuil word."

Ons stap woordeloos saam met hom na sy kar toe. "Daar is geen fooi nie; julle het my dag gemaak," is sy woorde deur die venster en hy draai die sleutel. Met die wegry sien ek hoe sy skouers skud.

Ek was nie van plan om jou iets aan te bied nie, dink ek vies en vra vir Mercia om nog koffie te maak; Columbiese-koffie in die mooi bekers.

GPS vir 'n engel

Louis Lategan

Die klop aan Herman se voordeur is vyf minute voor die begin van die televisienuus. Dalk is dit Stoffel; hy kom tydig en ontydig hier aan.

Ongeduldig swaai hy die deur oop. Haar kort, witgekleurde hare staan in 'n vreemde pennetjie-styl stokstyf gejel. 'n Swart T-hemp hang los oor haar skouers en is te effens teen die aand-luggie. Die rooi sportsak in haar hand steek byna absurd vrolik af teen die verbleikte jeans en swart tekkies.

"Hallo, Pa."

"Magriet?"

"Pa."

"Waar kom jy vandaan?"

"Kan ek maar inkom ... asseblief, Pa?"

Hy maak sy arms oop en die rooi sak plof op die koue sement voor sy haar arms om sy lyf slaan. Hy laat haar sit, kry vinnig sy ou, dik baadjie en vou haar daarin toe. Hy het tyd nodig om te dink.

"Koffie?" vra hy.

"Dit sal lekker wees, dankie Pa."

"Melk sonder suiker?"

Sy knik en glimlag. "Pa onthou nog, nè?"

'n Pa vergeet nie so maklik nie.

Sy gaan badkamer toe terwyl hy koffie maak. Dis byna twee jaar sedert hy haar laas gesien het. Sy sal in November twintig word. *Laat twee jaar 'n mens só verander?*

Hy onthou die aand voor die laaste dag van haar matriekeindeksamen. Egskeidings kom nooit op 'n goeie tyd nie.

"Ek háát jou, dis jóú skuld dat sy ons nou soos donnerse honde weggooi! Jy's 'n blerrie slapgat van 'n man *en* 'n pa!" Tussen die trane deur het sy die lang, donker hare uit haar gesig gevee.

"Hoe kan Pa dit net so aanvaar en niks doen nie? Wanneer ek môre klaar geskryf het, sal julle my nooit weer sien nie! Nóóit!"

Sy het dit in sy gesig uitgeskree en 'n spoegdruppeltjie het op sy wang gespat. Sy ís toe die volgende dag weg. Toe hy haar by die polisie wou rapporteer as vermis, het Elna ingegee en erken dat sy weet. Sý het haar gehelp om die werk in Pretoria te kry, glo admin by 'n niggie van Elna wat huise verkoop. Hy het later 'n telefoonnommer van dié gekry en gereeld gebel, maar dit was altyd dieselfde antwoord: Dit gaan goed, sy's oukei, sy wil jou nie sien, sy wil nie met jou praat nie, en nee, sy wil nie haar nommer vir jou gee nie.

Hy kon later 'n oorplasing kry, want hy moes wegkom en op 'n nuwe plek van vooraf begin. Alleen. Alleen sonder die vrou wat hom verlaat het vir 'n ryk boer, sonder sy seun in Europa, en sonder die dogter wat nie 'n slapgat vir 'n pa wou hê nie.

Sy's terug van die badkamer en hy sit die koffie op die tafeltjie neer. Sy sê dankie; hulle drink in stilte.

"Gym Pa nog?" vra sy oor die rand van die koffiebeker.

"Ja wat, dit hou my aan die gang en fiks."

"Pa lyk goed."

"Ek voel oukei."

Maar jý lyk nie oukei nie.

"Magriet?" "Pa?" Hulle begin gelyk praat en lag ongemaklik.

"Sorry," sê sy, "praat Pa maar."

"Ek dink jy weet wat ek wil vra? Jy kan mos nie net êrens heen verdwyn en na byna twee jaar by my voordeur opdaag en maak asof niks gebeur het nie? Dink jy nie jý moet maar praat nie?"

"Ek wil graag vertel, Pa, en ek moet dit nóú doen voor my moed my begewe."

"Dis oukei. Ek ís darem jou pa."

"Weet Pa hoe kwaad ek was oor jou en Ma se dinge? Weet Pa wat dit is om in matriek te wees en almal praat van jou ma en pa wat besig is om te skei? Hoekom het Pa nie net iets gedoen nie? Enigiets, net nie niks nie! Ek wou so graag hê Pa moes haar weer terugvat vir ons. Ek kon nie verstaan hoekom Pa hom nie sommer net doodgeskiet of met Pa se kaal hande vrekgemaak het nie! Kyk hoe groot en sterk is Pa!"

"Groot en sterk lê in 'n mens se lyf en hande, my kind, maar nie altyd in jou hart nie." Hy sien hoe haar lippe dun trek. Haar ma se lippe. Elna le Roux se mond.

Elna wat vir Dirk Schoeman by die koöperasie ontmoet het. Sy moes net gaan gif koop vir die miere langs die huis. Dirk, die voorste boer, wat nie soos Herman le Roux vir 'n salaris werk nie, maar salarisse betáál. Dirk Schoeman met 'n Mercedes en Ford Ranger-dubbelkajuit. Caterpillar-stewels en rugbykouse, bruin-gebrande bene en 'n kakie laphoedjie ongeërg op die kop. Veel later kon hy die storie stuk-stuk uitpluis. Eers die WhatsApps, later "toevallige" ontmoetings êrens in die dorp, gewoonlik by die bank of die koöperasie. Middagetes by 'n restaurant. Later nog, wegbreke bedags na 'n chalet langs die rivier terwyl hy by die werk, en Magriet by die skool was.

Sy kyk na hom vir 'n antwoord.

"Dink jy nie ek wou nie?" vra hy. "Weet jy hoe teleurgesteld en kwaad en skaam ék was? Maar dit sou nooit weer dieselfde kon wees nie. Ek het verloor en ek het dit aanvaar en weggestap. Ek is jammer vir jou en Ouboet, maar ek is nie spyt nie." Hy vertel haar dat dit eintlik goed gaan. Hy werk lekker, hy oefen in die gimnasium, fliek nou en dan. Tannie Louw langsaan is soos 'n ma vir hom. En nee, hy het nie 'n girlfriend of lover nie, lag hy toe sy vra.

"Ek is bly dit gaan goed, Pa."

Hy antwoord nie. Die stilte rek uit.

"Dit het nie so goed met my gegaan nie," sê sy, oë op die vloer.

Hy gee haar hand 'n drukkie en staan op om weer die ketel aan te skakel.

"In die begin was dit nogal orraait. Ek het 'n woonstel met 'n meisie gedeel en die salaris was genoeg om mee te oorleef. Toe begin ek naweke by 'n restaurant werk vir 'n ekstra geldjie en dit het nogal gehelp vir nuwe klere en so aan ... jislaaik, ek weet nie hoe om dié ding vir Pa te vertel nie."

Hy maak vars koffie.

Sy staar lank na die beker toe hy dit voor haar neersit. "Pa weet tog Pretoria is rugbywêreld en aan die begin van die seisoen vroeër vanjaar ná een van die wedstryde het ek en 'n ou in die restaurant nogal gekliek en een ding het tot die ander gelei. Ons is ná toemaaktyd na 'n klub. Ek weet nie hoe dit gebeur het nie, maar skielik was ek alleen op die dansvloer en almal het geskree ek moet ... strip. Dit was daai soort plek, en ..."

"En toe strip jy?"

Sy vat 'n sluk koffie en knik. "Ja, Pa. Toe strip ek. En toe ek agterna my klere bymekaarmaak, was daar 'n paar honderd rand om my op die vloer. Myne, sommer net so. Ek het vir my 'n paar Levi-jeans daarmee gekoop."

Negentien. Jy was négentien!

"Ek het gedink dis omdat ek dronk was en dis oor en verby, maar so 'n week of wat later bel die eienaar van die klub my uit die bloute vra of ek nie gereeld naweke by een van sy ander klubs wil strip nie – ek weet nie hoe hy my opgespoor het nie. Die geld was goed, en ... en toe sê ek ja. Ek het gou my eie woonstel gekry, dit was geriefliker so, en niemand by die werk het geweet nie. Ek het meubels gekoop, selfs ietsie gespaar. Toe gebeur die ding met die ouballie van die Vrystaat af. Ek dink dit was met die wedstryd tussen die Bulls en die Hurricanes."

Onwillekeurig dink Herman aan Stoffel Gouws. Elke jaar spaar hy skelmpies en maak 'n punt daarvan om na een wedstryd op Loftus te gaan kyk; lekker alleen en vir 'n naweek ontslae van sy vrou. Hy het juis nog Herman se GPS geleen om by die hotel uit te kom waar hy die naweek sou oorbly.

"Die ou was maar lekker getrek, wel, eintlik sommer behoorlik dronk, en só in sy skik dat die Bulls gewen het, en ag, Pa weet mos, die gewone ou storie. Ek het gesien hy is alleen en nadat ek klaar my roetine gedoen en weer "gewone" klere aangetrek het, het ek by hom gaan sit. Hy was in die sewende hemel en het my 'n reuse tip gegee. En hy vertel my van sy simpel vrou, en hoe lekker hy altyd Saterdae by sy pêl rugby kyk waar niemand hulle pla nie."

Net soos ek en ou Stoffel, dink Herman. Rugby, verhoudings en drank bly maar 'n onverstaanbare kombinasie.

"En toe sê hy, hy kom hiervandaan."

Stoffel?

"Ek vra hom toe, wie is jou pêl? Hy sê: 'Herman. Herman le Roux'."

Stoffel! So 'n bliksemse Stoffel Gouws! Met my GPS. Mý dogter.

Sy kyk hom vierkant in die oë met 'n effense glimlag om haar mond. "Ek dink Pa ken vir Stoffel, nè? Hy het vir my vertel presies waar Pa bly. Dis hoe ek hier uitgekom het."

Herman knik. "Weet hy, ek bedoel ... jy, ek, jy weet ...?"

Sy lag. "Nee wat, moenie vir Pa daaroor bekommer nie. Toe ek besef hoe dinge inmekaarsteek, het ek maar oorgeslaan rugby-praatjies toe en hom tequila gevoer. Ek het in elk geval toe so 'n Goth-image gehad. Pa weet: Alles swart, swaar grimering, lang hare en leer. Hy sal my nooit weer herken nie."

"Ja, ja, en tóé ...?" Hy wil nie aan haar met "'n Goth-image" dink nie.

"Iets het daardie aand met my gebeur Pa; ek was so stupid."

"Ek is nie kwaad nie, my kind. Jy weet mos jy sal altyd welkom wees."

"Dankie, Pa. Dit beteken só baie vir my."

"Wat gebeur nou?" vra hy.

"Ek het 'n ruk ná die episode met Stoffel alles sommer net so gelos. Ek kón net nie meer nie. Dis mos nie hoe julle ons groot-gemaak het nie? Ek het dié week alles wat ek gehad het verkoop en die werk bedank. Dis net ek en die goedjies in daardie rooi sak, Pa. Ek wil graag oor begin en dit hierdie keer reg doen. Hier by Pa, as Pa my 'n kans sal gee. Ma sal altyd my ma wees, maar ek sal nooit vir Dirk Schoeman kan aanvaar nie."

"Weet sy?"

"Nee."

"Ons het feitlik geen kontak nie. Jy kan self daaroor besluit. Wanneer jy so voel."

"Ek voel so skaam ..."

"Stoffel kom môremiddag rugby kyk."

"Laat hy maar ons geheim bly, maar vra hom bietjie oor daai game in Pretoria. Hy sal seker sy avontuur onthou, maar vir my sal hy beslis nie herken nie. Hy was darem net té dronk!"

Terwyl sy bad maak hy vir haar die bed in die spaarkamer reg. Dit sal die eerste keer wees dat iemand die kamer gebruik, dink hy.

Toe sy uit die badkamer kom, ruik sy dogtertjie-skoon na seep en sjampoe. Hy vra of sy honger is.

"Kan ons roereiers en roosterbrood maak?" vra sy.

Hy lag. "Nog steeds lief vir ontbyt in die aand?"

"Pa weet mos!"

Heelwat later stoot hy die kamerdeur versigtig oop en gooi nog 'n kombers oor haar. Hy draai om, maar sy praat saggies uit die donker.

"Pa?"

"Sorry, ek dog jy slaap al; ek het net nog 'n kombers gebring."

"Dink Pa Stoffel is na my toe gestuur? Soos 'n engel?"

"Ek weet nie; hy het darem 'n GPS óók gehad."

"'n GPS rugby toe, maar nie na mý toe nie. Anders was ek dalk nie nou hier nie."

"Wel, jy ís nou hier; dis al wat saak maak. Lekker slaap, ons praat môre verder."

"Nag Pa."

Hy staan op die balkon en kyk oor die dorp se ligte.

Stoffel Gouws, van alle mense, 'n engel nogal ... sal hom wát verbeel.

Hy sluit sy oë en sê dankie vir sy kind.

En dankie vir engele wat ook soms maar 'n GPS nodig het.

Om te groet

Sanchen Lambrecht

"Ons gaan vir Ouma groet." Veraf hoor Liza haar Ma se stem. Sy deins terug in haar huppelspore. Hoe is dit moontlik? dink sy in haar verwarde kindergemoed. Ouma is dan dood!

Met groot oë en 'n hart wat wild klop doem die letters voor haar op terwyl sy hardop klank: "A-V-B-O-B." Liza gryp haar ma se hand vas, wetend dat iets nie pluis is nie. Stadig beweeg hul nader na 'n kis met goue handvatsels. Terwyl Mamma haar hart uithuil, kruip Liza agter haar ma se bene in. Sy hoop nie haar ma gaan haar optel nie. Sy wil nie sien nie! Sy druk haar vingers 'n bakkie voor haar oë. Die volgende oomblik gebeur die ergste. Mamma tel haar op en sy kyk af op Ouma se bleek gelaat. "Oumaaa ...!" huil Liza ook nou verdrietig. Sy is nou net so bleek soos Ouma.

Mamma dra swart klere van kop tot toon en 'n lanferlappie om haar arm. Mamma se sussies daag een vir een op – almal in swart geklee en stroef. Deur die loop van die aand breek daar onderonsies uit tussen die sussies. Tannie Stien, Ma se oudste sussie, swets liggies toe hulle moet praat oor die keuse van die draers, die gesang, die dominee. Selfs wie gewaak het oor die sieke en wie nie, word bespreek. Liza luister fyn na die nuanses in hul stemme.

"Gaan speel nou, Liza," sê Mamma. "Ons grootmense moet praat."

"Kolletjie," roep Liza haar hondjie. Hulle verdwyn in die gang af. In haar kamer pak Liza haar poppe uit. Sy grou in haar kas vir 'n ou boks en vou 'n kis. Sy lê een van die ouer poppe daarin. In 'n ander boks kry sy afvallappies. Sy sorteer vinnig en vou al die swart lappe om haar poppe. Elke pop kry ook 'n "rou-bandjie". Liza wikkel sommer 'n swart serpie om haar nek. Kolletjie lê versigtig op die matjie langs haar bed en hou haar nonnatjie geamuseerd dop. Liza trek haar gunstelingpop, Martjie, nader en fluister: "Kom ons gaan groet vir Ouma." Liza is nou in beheer van die situasie. Sy weet wat vir haar arme pop wag. Selfs Kolletjie maak sulke hartseer kefgeluidjies. Op daardie oomblik speel Liza dood-dood en spoeg sy daarmee saam die slegte ervaring uit haar binneste hartjie.

Skielik bêre Liza alles weg en verklaar aan Kolletjie: "Dit was nou niks lekker nie, ek speel dit nooit, ooit weer nie." Sy neem vir Kolletjie, druk die hondelyfie styf teen haar vas en klim in die bed. Voor sy salig aan die slaap raak, hoor sy veraf nog vir Mamma en haar sussies gesels. Sy hoor hier en daar hoe stemme harder en sagter deur die luggolwe trek. Liza trek die kussing oor haar kop. Liza wil nie hier vashaak nie. Liza wil die lewe vier!

Toe die dag van die begrafnis aanbreek, sit Liza grootoog tussen Mamma en Pappa in die kerkbank. Sy het Martjie-pop saamgebring en hou haar nog bietjie stywer vas. Sy tuur verby die kis wat voor in die kerk staan en verstom haar aan die vensters se palet van mooi kleure. Êrens hoor sy 'n snik. Die gemeente trek vreeslik: "Nader my God by U ..." Vir 'n oomblik maak sy haar ogies toe. Ouma se gesig in die kis sweef voor haar oë verby. Sy maak vervaard haar ogies oop. Al is sy klein, het sy mos besluit om nooit, ooit weer hierdie doodspeletjie te speel nie. Liza beur weg van emosies wat haar wil-wil oorweldig.

By die begraafplaas loop sy en Martjie tussen die grafte deur. Sy wil nie sien hoe Ouma "ses voet" in die grond sak nie. "Wat as sy nog lewe? Wat as sy daar diep binne die gat moet wakker word?" praat Liza sommer nou hardop met haarself. Gelukkig hoor sy die duiwe koer in die bome. Sy kyk op in die lug. Bokant haar is die mooiste wolke. Sy gaan lê sommer net daar op die naat van haar rug. "Sjoe, kyk Martjie, die wolke lyk soos 'n gesin wat hande vashou. Kyk, dáár is ons almal!" Diep binne haar hart voel sy nou tevrede. Die blomme, die gekoer van die duiwe en die wolke is mooi. 'n Sonstraal breek deur die langbome wat soos soldate rondom die begraafplaas waghou. Dit skyn op haar gesig. Die lewe is mooi! Sy spring sommer op en huppel tussen die grafte. Verstom steek sy vas by een ...

Sy klank vir die tweede keer in een week: "H-i-e-r r-u-s L-i-z-a B-e-s-t-e-r." Die letters spring uit die grafsteen. "Martjie," sê-fluister Liza. "Dis dan mý name!" Dit neem Liza 'n wyle om te besef dat dit haar ánder ouma is wat daar begrawe is. Verlig gryp sy haar pop en wag in die kar vir Pappa, Mamma en haar sussies. Deur die vensters sien sy hoe die grootmense se skouers hang. Dit lyk of hulle iets swaars op hul skouers dra. Tannie Stien, tannie Joey en Mamma beweeg stadig tussen die grafte. "Hier is tannie Van Dyk begrawe en hier is oom Stoffel se graf." Liza hoor hoe die mense praat en sy wens hulle kan net hier wegkom.

Uiteindelik is die begrafnis verby en almal gaan drink tee. Liza kyk na die koeksisters. Dit lyk darem nou lekker. Sy druk een in haar kies en die soet ontplof in haar mond. Die lewe kan ook soet wees, dink sy. Liza glimlag toe haar niggie nooi: "Kom ons speel buite." Liza voel die son op haar lyf. Son is ook lewe, dink sy opgewonde. Sy sien die beddinkie met leeubekkies wat blom voor die kerksaal. Dalk is als tog nie so somber en swaar nie. Vreugde ontspring in haar hart en voor sy haar kan kry, rondomtalie sy en Klara. Hulle lag uitbundig. Die lewe is 'n lied! dink sy. Kinders verstaan dit net beter as grootmense!

★★★

Liza skrik toe haar breipen met 'n kling-kling op die teëlvloer val. Sy moes ingesluimer het. Sjoe, wáár was sy nou, wonder sy. Dit kan nie 'n droom wees nie, want sy onthou haar kinderjare nog soos gister. Liza kyk af na haar verweerde hande. Sy het oud geword. Buite hoor sy die kleinkinders wat huis-huis speel. Haar gedagtes hardloop vandag los soos wilde perde. Die lewe was soms ongenaakbaar, maar goed. Veral die jongvroudae! Liza voel sommer hoe 'n blos op haar wange verskyn. Vandat sy en haar poppe vir Ouma gaan "groet" het, het sy bewustelik gekies om gelukkig te wees, om die lewe te vier te midde van dood en verwoesting.

"Oumaaaa!" roep Bellatjie, die jongste kleinkind. Liza kyk met deernis na haar.

"Is julle moeg gespeel, Bellatjie?"

"Ja, Ouma, Deon terg my en ek wil nie meer saamspeel nie. Ek wil saam met Ouma speel." Liza buk by die kas om die storieboeke uit te haal, maar Bella trek haar neus op 'n plooi.

"Nee, Ouma. Kom ons speel met my poppe!" Bella hardloop met kort-beentjie treë na die kamer en pak haar poppe in 'n boks.

"Kom Ouma," nooi sy gul. "Ons gaan buite speel."

Op pad na buite vra Liza: "Dalk moet ons in die kamer speel, Bella."

"Nee-a Ouma, die sonnetjie is vriendelik en voel soos lewe," antwoord sy en 'n breë glimlag helder haar gesiggie op. En op daardie oomblik herken Liza die gevoel. Hierdie kind dink soos sy. Liza voel skielik die son op haar verrimpelde hande. Sy drink die gloed in op haar gesig, voel hoe die lewe terugvloei in haar are. Bella se parmantige blonde krullebol glinster in die son.

Bella pak haar poppe uit op die grasperk. Liza dink flussies aan die dag toe sy haar poppe uitgepak het. Swart. Baie swart. Bella se poppe het egter bontkleurige rokkies aan.

"Ouma," sê-vertel sy in kinderlike onskuld, "my maatjie se ouma is annerdag dood. Ouma moet asseblief nie ook doodgaan nie!" Bella lyk nou sommer bitter hartseer. Liza druk vir Bella styf teen haar vas.

"Nee, Bella, die lewe is sterker as die dood. Onthou altyd dat ons mekaar elke dag moet groet terwyl ons lewe." Liza se stem is effens skor. Êrens hoor sy 'n duif wat koer. Hoe mooi, dink sy.

Haar oog dwaal na die bedding langs die huis. 'n Vlinder swiep-swiep oor die leeubekkies wat geil blom.

"Ouma, kyk die wolke!" roep Bella. "Dit lyk soos ons daar in die lug. Kýk, ons hou hande vas!" Ouma en Bella sien die wolk-formasies. En ja werklik, dit lyk soos 'n gesin wat hande vashou.

Liza verstom haar nog aan die wolke toe Bella haar terugroep na die hede: "Ouma, my poppe is nou lus vir iets om te eet." Liza staan op uit haar stoel.

"Wag net hier, Bella. Ek bring iets saam uit die huis." Liza se hart is vrolik, al het die lewe haar al baie kaarte gespeel. Sy maak die yskas oop. Sy glimlag in haar hart. Lank terug se soet ontploffing in haar mond het die bitter van die lewe verdryf. Heerlik lê hulle daar ... blinkend in die stroop. Koeksisters!

Huis Najaar

Juanita Fourie

Ouma vertel my anderdag van 'n nuweling by Huis Najaar, ene Reneé van Wyk. Auntie Dorris het vir Ouma gesê: "Nee man, die vrou het seker 'n boerenaam soos Riena, nou is dit Reneé – met 'n lang, uitgerekte 'é' ... pure aansit."

Ouma sê sy en auntie Dorris is nét so. Dan wys Ouma met haar krom wysvinger en middelvinger styf teen mekaar. Dié twee is nou nie soos ons sal sê BFF's nie, hulle is meer soos BSV's, beste-skinder-vriendinne óóit!

"My kind, 'n goeie begrip het 'n halwe woord nodig." Ek sou eerder sê, met Ouma het elke halwe woord ten minste vyf begrippe nodig. Met die jare het Ouma en auntie Dorris 'n interessante telepatie ontwikkel. Hulle gee mekaar so kyk, julle moet verstaan, dis nie 'n gewone kyk nie, dit het so 'n bewerige kopknikkie by en dan gebeur daar iets wat nét hulle verstaan.

Ouma geniet dit vreeslik om vir my stories te vertel en vandag is sy weer ver in die verlede. "My kind, toe Oupa nog geleef het, het ons elke Vrydagaand by die Goue Eier gaan dans. Dit was 'n gewilde dans- en kuierplek in Goodwood, langs die drive-in. Middernag het ons gaan fliek. Jy sit sommerso in jou motor."

Daar was glo een of ander radio-iets wat jy aan jou motor se venster vasmaak vir die klank en as die film klaar was, het jy dit net weer buite aan 'n paaltjie gehang. Dis beslis in Ouma se tyd, want dit klink so outyds en duidelik het hul toe nog nie bluetooth en sulke dinge gehad nie.

Ouma verstaan ook glad nie Netflix nie. Sy vra my die ander dag: "Ouma het nou gewonder, wie wil nou 'n fliek op jou foon kyk as jy 'n gewone TV het?" Ek het maar besluit ek gaan nie eers probeer verduidelik van Wi-Fi en uncapped nie, toe sê ek maar net: "Ouma, dís nou regtig 'n slim vraag, ek gaan beslis uitvind en vir Ouma kom vertel hoekom die mense so dom is."

Sondae ná kerk het Ouma en auntie Dorris-hulle bymekaargekom en gebraai of piekniek gehou, want daardie jare was Sondag nog 'n familiedag. Almal het saamgeëet en dan is daar gerus. Eers die preek: "Kinders moet gesien en nie gehoor word nie." Daar was vir ons matrasse in die sitkamer gegooi en daar moes jy lê en wag tot die grootmense beweeg, anders brand jou boude.

Ouma sê oupa Jan en oom Sam, dis nou auntie Dorris se man, het soms naweke gaan visvang, en dan het die vrouens en kinders in die tuin gewerk. Ouma begin altyd met: "Dáárdie jare," of "in óns tyd." Wel, daardie jare het kinders glo in die tuin gewerk, nou is dit selfone en goeters wat Ouma nie kan uitspreek nie. Ongelukkig het die aarde te vinnig gedraai en oupa Jan en oom Sam se horlosies het gaan staan, op die tyd wat vir hulle gekies was.

Ouma sê by die Goue Eier was régte musiek, die jongmense van vandag hou van rinkink met baie ligte en harde doef-doef-musiek. Net so tussen ons, laat ek julle vertel, ek hét al doef-doef-musiek gehoor wanneer ek nog ver in die gang aankom na Ouma se kamer. Toe ek haar vra, sê sy wrintiewaar dit is glo om op hoogte te bly met die nuwe generasie!

Seker dié dat ek gereeld een van daardie dik, vierkantige batterye moet saamvat vir haar fm'pie. Ek weet al hoe dit lyk, maar elke keer gee Ouma 'n papiertjie wat sê: *'1 Eveready PM9-battery en ietsie lekker vir ons tweetjies.'* Ek sit self die battery in, Ouma bewe deesdae net te veel. Sodra die nuwe battery in is, is dit eers 'n hele gedoente met die opvangs; Ouma het 'n draad aan die aerial wat sy vasmaak met 'n vurk aan die diefwering. Dit maak glo die sein sterker, of so iets.

Wag, ek is van my punt af, terug by tannie Reneé. Die dag van haar aankoms het Matrone vir haar "Tannie" gesê, toe is daar konsternasie in Huis Najaar.

Sy het Matrone berispe en uit die hoogte gesê: "Ek is Mevrou Van Wyk en verkies om so aangespreek te word, of Mevrou Dokter." Nie eers asseblief nie, sommer net so, vreeslik aanstellerig. Dit is nie asof Matrone vandag se kind is nie, oftewel, niemand by Huis Najaar is nie, almal het al 'n paar duidelike kreukels.

Ouma het by my geleer om te sê: "Oh, my word". Nou word dit na elke sin gebruik, dan rol sy haar oë om bietjie meer dramaties te lyk. Ouma het vir Anke, my jonger sussie, geskel oor die oë-rollery, nou doen Ouma dit met soveel meer passie. Ek moet erken, dit lyk bietjie weird, maar die effek is daar.

As Oupa nog geleef het, sou hy gesê het: "Los die mense, vrou. Hulle moet hul eie heil uitwerk." Ouma sou hom met 'n frons aangekyk het en laat weet: "Jan, mans verstaan nie hoe 'n vrou se kop werk nie, laat staan maar probeer."

Tannie Reneé het absoluut oor alles gekla, van die bed wat nie lekker lê nie, tot die etes wat nie gebalanseerd is nie. Min het sy geweet die oumensies se etes word deur 'n dieetkundige uitgewerk, vir die suiker en al die siektes wat maar so met die ouderdom kom.

Ek hoor Ouma sê vir auntie Dorris: "Nee hel, Dorris, die vrou is erg! Ek het nie 'n dag se klagtes oor Huis Najaar nie. Weet jy waaroor lag ek hier in my binneste? Haar ou tuitbekkie is altyd rooi, maar saans moet sy ook maar haar tande in 'n glasie gooi. Oh, my word, dit is seker iets om te aanskou. Weet jy, 'n ander probleem wat ek voorsien is onse Souf in die haarsalon. Niemand hier kleur meer hul hare nie. Daai wortels van haar gaan vinnig grys wys. Kom ons hoop ou Souf weet van kleur. Sy is baie oulik met 'n wash en blow. Handig met die skêr, knip nogal oulike style, soos die prentjies in die tydskrifte met die blink blaaie."

Sien, ou Souf het eers in die kombuis gewerk, maar toe sien Matrone Souf knip auntie Anna se hare, en daar is die koeël toe deur die kerk – Souf Kombuis raak toe Souf Skêr en siedaar, Huis Najaar het sy eie haarkapster! Souf se voorskoot raak toe 'n fancy wit jakkie met sakke vir al die haarknippe. In haar voorste sakkie is daar altyd Johnson & Johnson-babapoeier, sy poeier almal, of jy nou geknip is of nie. Wanneer daar 'n nuwe gesiggie intrek neem, is die bekendes baie gretig om te vertel: "Onse Souf is nie net goed met 'n skêr nie, sy kan kook ook." Souf bak so dan en wan sagte klapperkoekies vir die mensies, dan bedien sy dit met 'n lippenatmaker in die salon. Soms gee Matrone vir Souf 'n blikkie kondensmelk, vir dié wat 'n teetjie wil drink.

Elke dag, behalwe as dit koud en nat is, wag Ouma en auntie Dorris tot net na ontbyt, dan gaan sit hulle op die stoep in die sonnetjie. As die bene bietjie pla, sit hulle onder die lappieskombers wat hulle saam gehekel het. Ouma sê hulle bankie sit die lekkerste, want daar is genoeg spasie vir hulle én hul breisakke. Dié bankie staan reg voor Ouma se kamervenster met haar radio'tjie heeldag aan.

Ouma sê: "Mens moet weet wat in jou land aangaan." Hulle luister RSG en het raad vir alles: Wat sê die dokter, wat sê die veearts, wie ruil wat, tot wie soek werk.

Ek verstaan eintlik nie so lekker nie; hulle sit heeldag op dieselfde plek, maar volgens Ouma trek die bankie saam met die son. My aardrykskunde is nou nie van die beste nie, maar dít klink vir my effens onmoontlik.

Net die anderdag het Ouma en auntie Dorris op die sonstoepie gesit, toe "Madam Aansit" daar verbykom, pure You're the Fire wat agter haar aansweef, reguit op pad na die oop stoeltjie langs oom Noot. Dit is sy bynaam, want hy is die oom in Huis Najaar met die baie blare; daar is altyd 'n paar note wat by sy hempsak uitsteek saam met sy ID, lyk kompleet of hy bank toe gaan. Oom Noot dra 'n diklensbril, foeitog. Gelukkig kom die oogarts maandeliks Huis Najaar toe, dan bekyk hy oom Noot se katarakte en ander vliesies. Nou het sy X-strale gewys sy heup verbrokkel, hy sal vir 'n operasie moet gaan, maar intussen is die kierie sy beste maatjie. Shame, mens kon sien hy geniet die aandag, hy is altyd so op sy eie, sy familie kom kuier so elke drie maande.

Ouma sê gedurig: "Dit is sonde, jou ouers het jou darem grootgemaak. Vandag se jongklomp weet nie van respek vir 'n oumens nie. Wat nog te sê 'n kuiertjie."

Toe tannie Reneé penorent langs oom Noot gaan sit, beentjies oormekaar, sit hy sy kierie opsy en skuif nader.

"My kind, hy het sy bril twee keer aan sy trui afgevee om haar beter te bekyk. As hy 'n duif was, het hy gekoer."

Oom Noot kon sy geluk nie glo nie en vra toe heel belangstellend waar sy vandaan kom. Die vrou sê toe wrintiewaar in so 'n aansit-stem: "Parys, my ding."

"Ja, seker Parys in die Vrystaat. Sy is so gefrench manicure, dit is die naaste wat sy aan Parys gaan kom." Tannie Dorris se woordgieter was oop en sy kon skaars asemhaal voor sy aangaan: "Die ander ding: Daai diamante in haar ringe blink darem nét te helder. Weet jy, my kind, mens kry deesdae sulke mooi glassteentjies, lyk soos regte diamante. Amper soos daai wit plastiekblomme in die voorportaal, bietjie vol stof, maar as hulle gewas is, is dit pure wit lelies. Sy sal seker sê haar man, Meneer Dokter, het dit self gedelf, spesiaal vir haar. Wonder of sy ooit getroud was?"

Ouma het haar oë gerol: "Oh, my word, Dorris, sy moet onthou, een van die dae is sy ook 'n sonnige stoepsitter hier by Huis Najaar."

Die afskrikmiddel

Christo Meyer

Sondagoggend. Ek sit by die kombuistafel en blaai deur die koerant. Ek sien verskeie opskrifte, maar my aandag is nie by enige van die berigte nie. My gedagtes is op 'n ander plek.

Ma en Tracy is kerk toe. Hulle sou my saamgesleep het as ek nie haastig 'n verskoning uitgedink het nie. Op 'n volgende keer sal ek saam met hulle gaan. Net nie vandag nie.

Kort-kort val my oog op die skerm van my selfoon. Vreemd genoeg is daar nog geen oproep of SMS nie. Ek begin kriewelrig raak. Het ek rede om bekommerd te wees? Dis al ná tien. Ek moes teen dié tyd al iets gehoor het. Tensy dinge nie volgens plan verloop het nie ...

Kwart voor elf se kant is daar 'n gehamer aan die voordeur. Toe ek oopmaak, staan daar twee polisiebeamptes in uniform op die stoep. 'n Aantreklike vrou met stywe jeans en 'n bruin leerbaadjie aan maak ook haar verskyning. Ek skat haar in haar dertigs. Daar is donker kringe onder haar oë. Ek neem aan dis van te min slaap.

"Is jy Brendon September?" vra sy sonder om te groet.

"Ja," antwoord ek kortaf. "Iets verkeerd?"

Sy frons. "Ek is speurder-kaptein Loretta Olivier. My kollegas is sersant Van Schalkwyk en konstabel De Bruyn. Gee jy om as ons inkom?"

"Natuurlik nie. Kom gerus binne. Maak julle tuis."

Ek bied hulle iets te drinke aan, maar kaptein Olivier wys dit hoflik van die hand.

"Ons gaan nie lank bly nie, Brendon. Jy gee nie om as ek jou op jou voornaam noem nie, nè?"

"Dis in die haak. Ek verkies dit so. Ek is nie juis een vir formaliteite nie. Gaan iemand nou my sê wat is die doel van dié besoek?"

Sy gee 'n ongemaklike kyk in haar kollegas se rigting.

"Mevrou Magrieta Abrahams het ons hierheen gestuur. Sy wou jou bel, maar sy is te ontsteld. Arme vrou. Ek kry haar nogal jammer. Jy en haar seun Donovan was beste vriende, hoor ek."

"Ons is steeds beste vriende, Kaptein. Was nog altyd. Van kleintyd af. Saam opgegroei, saam kattekwaad aangevang, saam …"

"Donovan Abrahams is dood," val sy my wild in die rede. "Sy ma het 'n paar uur gelede op sy lyk afgekom."

Ek laat sak my kop, kyk grond toe. Dan draai ek my rug op my gaste, tap water in die ketel. Wat ek nou nodig het, is sterk, swart koffie. Ek wil nie hê hulle moet my gesig sien nie.

"Wat het gebeur?" vra ek sonder om oogkontak te maak. "Hoe is Donnie dood?" Ek herken nie my eie stem nie. Dit klink soos 'n vreemdeling s'n. Hees, bewerig.

"Ai, Brendon, hierdie is die deel van my werk waarvan ek die minste hou. Ek haat dit om slegte nuus aan iemand oor te dra, maar jy het seker die reg om te weet. Alles dui daarop dat jou goeie vriend sy eie lewe geneem het. Oordosis slaappille. Die leë houertjie is op die kassie langs sy bed gevind."

Ek skud my kop in ontkenning. "Ek kan dit nie glo nie, Kaptein. Nie van Donnie nie. Hy was een van die dapperste mense wat ek ooit geken het! En alles verloop dan nou so goed in sy rugbyloopbaan. Daar was selfs sprake dat hy later vanjaar vir die Springbokke sou uitdraf."

"Ander mense se boeke bly maar duister, jong. Vir sy ma is dit netso moeilik om te aanvaar Donovan is weg. Sy sit met 'n string onbeantwoorde vrae. Donovan het nie 'n briefie agtergelaat waarin hy die redes vir sy optrede verduidelik nie. Sy verstaan dit glad nie."

Kaptein Olivier sit haar hand vertroostend op my skouer. Ek kry die idee dat iemand na aan haar ook al sy of haar eie lewe geneem het, maar ek vra nie. Nou is nie die regte tyd nie.

"As jy ons sal verskoon, Brendon, daar lê nog hope werk voor. Ek is die speurder wat die kindermoorde in die omgewing ondersoek. Jy het seker in die koerante daarvan gelees, nè?"

Ek knik, wens haar sterkte toe. Lank nadat hulle weg is, staan ek steeds op die stoep. Ek voel hoe my hande sweet.

Teen die middag klim ek in my kar en ry na tannie Magrieta toe omdat ek glo dit is die regte ding om te doen. Toe ek daar kom, tref ek haar in 'n toestand aan.

"Weet jy dalk hoekom Donovan dit gedoen het?" vra sy toe die ergste trane bedaar. "Hy het nie eers 'n nota agtergelaat nie. 'n Kind doen mos nie so iets aan sy moeder nie?"

"Ek het geen idee nie, Tannie. Vir my is dit ook 'n raaisel."

"Maar julle was beste vriende. Jy moes tog iets agtergekom het?"

"Ek is jammer, Tannie. Donnie het geen tekens van depressie of iets van daardie aard getoon nie. Ek het nooit gedink hy sou selfmoord pleeg nie."

Tannie Magrieta begin weer huil en ek besluit om haar liewer alleen te los. Sy het tyd nodig om haar seun se dood te verwerk.

Die begrafnis is 'n week later. Daar is talle rugbyliefhebbers en van Donnie se vriende uit ons studentedae. Almal lyk verslae. Dis duidelik dat niemand so iets van hom verwag het nie.

"Hoekom huil jy nie?" vra Tracy langs my in die kerk. "As 'n mens se beste vriend dood is, mag jy maar huil. Jy hoef nie skaam te wees nie."

Ek gee my veertienjarige sussie 'n stywe drukkie. "Almal treur op verskillende maniere, Tracy. Sommige mense huil binnetoe. Ek dink die trane sal nog kom."

Die trane kom drie aande later. Ek lê op my rug en staar na die plafon. Ek probeer verstaan hoekom die lewe so onregverdig is. 'n Leeftyd lank is iemand jou beste vriend en dink jy jy ken hom goed genoeg, totdat jy op 'n dag wreed ontnugter word.

Ek dink aan kaptein Olivier se woorde: "Ek is die speurder wat die kindermoorde in die omgewing ondersoek. Jy het seker in die koerante daarvan gelees."

Natuurlik het ek. 'n Maand voor Donnie se dood was daar weer 'n berig onder die opskrif: "Nog 'n kind gemolesteer en vermoor. Polisie krap kop."

Daardie oggend was ek so ontsteld dat ek net met iemand moes praat. Ek het onmiddellik vir Donnie gebel. "Het jy gesien die kindermoordenaar het weer toegeslaan?"

"Ek sit juis nou met die koerant," het hy geantwoord. "Dis verskriklik."

Ek onthou Donnie het die volgende middag ongenooi kom inloer. Minute later kom Tracy in haar netbalklere by die deur ingestap. Toe let ek iets op wat 'n skok deur my lyf stuur: Die manier waarop Donnie na Tracy staar. Daar was iets vreemds in sy oë, iets soortgelyks aan wellus. Ek kon dit nie glo nie. Donnie, van alle mense. Op daardie oomblik het ek my gedagtes laat loop. Talle vrae het deur my kop gemaal. Was die kindermoordenaar baie nader aan my as wat ek ooit sou besef?

Ek het antwoorde gesoek en daarom het ek vir Donnie begin dophou. Ek kon nie toelaat dat iets met Tracy gebeur nie. Sy is te jonk, te onskuldig, te vol drome vir die toekoms. My vermoede was reg: Donnie het planne met Tracy gehad. Ek het twee keer gesien hoe hy op 'n afstand foto's van haar neem. Dit het my briesend gemaak. Ek moes iets doen om hom te keer.

Met 'n vuurwapen wat ek op onwettige wyse bekom het, is ek daardie Saterdagaand na Donnie toe om hom te konfronteer. Sy ma was by 'n vriendin se sestigste verjaardag en ek het geweet daardie makietie gaan tot laatnag aanhou.

Donnie het eers alles ontken, maar toe ek die loop van die vuurwapen teen sy linkerslaap druk, kom hy met die hele sak patats vorendag. Hy vertel in detail van al die slagoffers op sy kerfstok, al die vieslike detail, onwetend dat ek die gesprek op my selfoon opneem.

"Tracy sou volgende wees," erken hy. Hy smeek my om niemand daarvan te vertel nie en om hom asseblief te vergewe.

"Ek wil nie tronk toe gaan nie, Brendon. Ek beloof jou ek sal nooit weer so iets doen nie. Gee my net 'n kans."

Met my vinger om die sneller gluur ek hom aan.

"Jy het een van twee keuses, Donnie. Die eerste een is 'n koeël deur jou kop. Dan gaan smyt ek jou lyk op 'n plek weg waar niemand jou ooit sal vind nie."

"Jy kan nie dit aan my doen nie," probeer hy my ompraat. "Ons is ou vriende."

"Moet my nie toets nie, Donnie. Jy is 'n gevaar vir die samelewing. As jy een tree nader gee, trek ek die sneller."

Hy verstyf. Ek sien vrees in sy oë. Ek het nooit geweet hy is so bang vir vuurwapens nie.

"Wat … is die tweede keuse?" wou hy bewerig weet.

"Slaappille. Jy sluk 'n handvol daarvan en gaan lê op jou bed. Word jy môreoggend wakker, vergeet ons van alles en ek maak of ek van niks weet nie."

My selfoon met die gesprek waar hy alles beken, is natuurlik my troefkaart.

"Ek sou sê slaappille is genadiger as 'n kopskoot, of hoe?"

Met die skietding op hom gerig, sluk Donnie die pille. Ek het gewag tot hy aan die slaap raak voor ek tevrede huiswaarts is.

Elke keer as ek aan daardie aand dink, kry ek koue rillings. As Donnie slim genoeg was, kon hy my maklik oorrompel het. Hy was nog altyd groter en sterker as ek. Ek sou dit nooit oor my hart kry om hom koelbloedig te skiet nie. Die vuurwapen in my hand het net as afskrikmiddel gedien. Daar was nie 'n enkele patroon in die magasyn nie.

Om pizza van die vloer af te eet

Aletta Ollewagen

Dis twee dae voor die einde van die maand en Karlien krap haar laaste paar rande bymekaar om die pizza te koop waarna sy nou al twee weke smag. Sy het vier jaar lank studeer om haar by 'n feitlik ongeleesde koerantjie as redigeerder af te sloof vir 'n salaris waaroor sy liewer vir haar mense jok. Sy kan skaars oorleef nadat sy die huur vir haar eenslaapkamerwoonstel betaal het en nog moet petrol ingooi ook. Wegneemetes is dus 'n groot bederf vir haar.

Dis 'n warm dag wat die wagtyd ekstra lank laat voel. Daar is ook min opwinding op haar Facebook-nuusvoer. Na 'n buitengewone stresvolle week by die werk is die pizza met ansjovis, olywe, groen soetrissie en ekstra kaas die perfekte troos saam met die bottel rooiwyn wat by die huis wag.

"Nommer een-drie-vier," roep hulle uiteindelik en Karlien voel of sy die pizza in haar arms kan toevou. Sy groet met stralende oë en loop met 'n spoed daar uit terwyl sy solank haar kar met die afstandbeheer oopsluit. Die geur van die smeulende kors en kaas vul haar neusgate en sy weet dat sy minstens twee snye sal verorber nog voor sy by die huis aankom. Sy kan die souterige olywe al proe.

By haar kar haak die punt van haar skoen aan die randjie van die sypaadjie en sy en haar geliefde pizza maak 'n duikdraai deur die lug. Karlien land plat op haar maag langs haar kar met die pizzaboks steeds in haar hande. Die pizza kom egter onderstebo op die teerpad langs haar te lande. Sy kyk dadelik eers wie haar gesien het, maar haar ego blyk darem nog in een stuk te wees. Haar pizza en haar gemoed is egter 'n ander saak.

Sy druk haarself regop en sit kruisbeen terwyl sy die skade beraam. Sy lig die eerste stuk van die grond af en die kaas klou aan die teerpad. Dit herinner haar skielik aan die belaglike babageel kombersie wat haar ouma altyd styf oor haar knieë en onder haar bene ingedruk het terwyl sy televisie kyk. Sy onthou nog so goed toe sy haar en haar hoërskoolkys, Adriaan, die eerste keer buite onder die afdak sien vry het. Sy was so nonchalant daaroor, maar die twee skoolliefdes was bloedrooi en kon nie die woorde uitkry om te verduidelik dat hulle eintlik lankal nie meer net bure en pêlle was nie. Van toe af was die kaggelkakkie van die seuntjie en dogtertjie wat soen ook sommer na hulle twee vernoem.

Meeste van die olierigheid is darem nou op die teerpad gedreineer. Sy maak seker dat sy elke stukkie ansjovis opraap. Die goed is mos blerrie duur. Hulle sê dan juis dat ouers hul kinders moet los om in die modder te speel en sand te eet, want dit versterk blykbaar hulle immuunstelsel. Dit geld dus seker vir volwassenes ook? Sy reken dat die bietjie vuilgoed op haar pizza dus dalk sal sorg dat sy nie hierdie winter griep kry nie en voel amper spyt dat sy nie vir knoffel ook gevra het nie.

Sy het laas in haar kinderdae 'n teerpad van so naby af gesien. Behalwe die verskeie kere wat sy knieë in die hardloop oopgeval het, was daar die keer toe sy leer vlieg het nadat haar fiets teen 100 km per uur 'n slaggat getref het. Sy en haar boetie het resies gejaag en sy moes eenvoudig hierdie keer wen. Sy het ver oor die handvatsels geleun en haar fiets getrap dat hy soos 'n windpomp klink. Daar was geen manier om die slaggat te vermy nie en geen manier om die landingstrook sagter te tref as wat sy het nie. Sy het seker minstens drie meter ver op die growwe teerpad geskuur voordat haar twaalfjarige vliegtuigromp tot stilstand gekom het. Sy kon skaars 'n geluid uitkry. Die pyn en skok was eenvoudig te veel.

Haar boetie het gehardloop om Josephine, hulle destydse huiswerker, te gaan roep, want Karlien kon nie van die teerpad opstaan nie. Alles was stukkend – haar voete, knieë, hande, elmboë, maag, bors, ken én skoolrok. Sy het gelukkig so sleg gelyk dat sy glad nie raas gekry het nie. Almal was vreeslik jammer vir haar. Sy ook. Sy was twee dae van die skool afwesig, omdat sy skaars kon loop. Sy ken dus 'n teerpad beter as meeste mense, reken sy. Sy het lank genoeg daar gelê en snik om die reuk in haar brein te kon verewig. Sy het klippies uit haar wonde gehaal, net soos die klippies wat sy nou tussen die kaas uitgrou. Herinneringe stroom deur haar.

Die swart olywe laat haar dink aan die niekerbols wat sy en haar boetie by die kafee gekoop het smiddae na skool. Hoewel die rooies die lekkerste was, was die swartes haar gunsteling oor die interessante patrone wat dit gemaak het wanneer jy die kleur afsuig. Dit het haar hele mond pikswart gelaat. Wanneer hulle sakgeld gekry het, het sy sommer 'n hele papiersakkie vol gekoop.

Die soetrissies kom die maklikste skoon na die teerpadontmoeting. Dit is Karlien se gunsteling groente. Sy sal dit sommer soos 'n appel eet. Haar tant Sarie is 'n Olimpiese soetrissiekweker. Sy is die enigste een van die vier susters, almal met groen vingers, wat die outjies gladgroen, sonder siektes of goggas, tot volwassenheid groot kan kry. Haar metode is 'n teer bespreking by elke familiebyeenkoms en tant Sarie weier eenvoudig om haar geheim met haar susters te deel. Karlien is tog te dankbaar vir die sakkie soetrissies wat haar tannie elke keer vir haar saamgee huis toe.

Haar maag grom toe sy die laaste olyf terug in die boks het, maar voel dat die kans skraal is dat enige deel van die gemors gedurende die rit huis toe geëet sal word. Met die band tussen haar en haar pizza nie meer so heg nie, sit sy die boks met die kaserige spul in die kattebak. Op pad huis toe verlang sy na haar ma, na haar beste vriendin en na haar boetie. Hulle bly almal nog op haar tuisdorp, Potchefstroom. Sy het na skool in Pretoria studeer en hier vir haar 'n lewe gemaak. As mens haar alleenbestaan 'n lewe kan noem. Sy is 'n introvert en het nog nooit die moed gehad om enige van haar kollegas vir 'n drankie of ete te nooi nie. Sy sal beslis ook nie alleen gaan dans of enigsins saans uitgaan nie.

Tuis hou sy haar kat, Fielies, ekstra styf vas. Sy skink vir haar rooiwyn tot amper teen die glas se rand en slurp eers 'n keer voor sy die glas optel vir 'n tweede sluk. Sy loer na die kaserige spul in die pizzaboks en bekyk dan die situasie in haar yskas. Roosterbrood met Marmite blyk skielik 'n beter opsie as klippies-en-kaas-pizza. Sy drink saam haarself wyn in die weerkaatsing van die oonddeur terwyl sy haar roosterbrood dophou. Die girts-girts van die mes op die brood herinner haar dat die stilte onnodig is, en sy skakel haar televisie aan op 'n musiekkanaal.

Na haar tweede glas wyn proe die Marmite-roosterbrood sommer na soutkoekies en kaviaar. Sy skraap die moed byme-kaar om haar gewonde pizza in die asblik te gooi, maar haal eers die ansjovissies af sodat Fielies ook saam met haar kan koekies-en-kaviaar. "Cheers, Fielies," sê sy terwyl sy haar derde glas rooitroos afsluk. Die heimwee sypel geleidelik weg en die stukkies van haar lewe pas met die laaste glas uit die bottel weer mooi bymekaar.

Christine

Danie Markgraaff

"Martin."

Sy stem is veraf. Afwesig.

"Martin. Pieter hier. Ek het jou hulp baie nodig. 'n Vriendin van my vrou moet dringend by die hospitaal in Pretoria-Oos kom. Haar broer, wat haar na die hospitaal moes neem, is met 'n noodgeval Johannesburg toe. Kan jy dalk help?"

"Ek is op pad in daai rigting, waar is sy?"

"Ek sal haar bel. Kan jy haar op die hoek van January Maselela en Atterbury oplaai oor so dertig minute?"

"Ek sal. Jy ken my kar. Verduidelik vir haar."

"Dankie. Jy is 'n ware vriend."

Martin poog om die ritme van die musiek op die stuurwiel van sy ou BMW te hou, maar sy aanvoeling vir die musiek is so krom en uit pas soos sy emosies. Hy klap geïrriteerd na die radio, verras toe sy eerste poging suksesvol is en 'n relatiewe stilte neerdaal. Die leemte word gevul met die geruk en geloei van Augustuswinde wat deesdae in September waai.

Die druk Saterdagoggendverkeer word vererger deur die minibustaxi-manne. Getrou aan hulle eie padreëls, frustreer hulle Martin se vordering tot slegs 'n paar motors van die afge-spreekte verkeerslig.

Sy gedagtes dwaal na sy bestemming. Hy het belowe om sy kant beter te bring.

Verdwaald in sy gedagtes, staar hy na die jong meisie op die hoek, net langs die verkeerslig se paal. Sy is klein en skraal, maar aanvallig. Die gesiggie is ovaal en geraam met donkerbruin hare wat in 'n stywe poniestert vasgemaak is. 'n Paar slierte het losgetrek en swiep oor haar bleek wange en in haar mondhoeke.

'n Langmoutrui sit los om haar bolyf en is laag oor haar heupe getrek terwyl 'n stywe, ligblou denim met geskeurde knieë haar bene beklee. Die prentjie word voltooi deur beige Sketchers met dik, wit sole. Te oordeel aan haar opgetrekte skouers en vryfende hande wat sy kort-kort blaas, is die bedekking nie genoeg teen die skielike koue nie.

Skadu's onderstreep haar groot oë en sy knyp hulle toe en draai haar kop weg teen die stuwende wind.

Hy skrik en ruk uit sy afwesige staar na haar toe sy hard aan die ruit klop. Sy waai vir hom om die venster oop te maak.

"Skies, Meneer?" haar stem is hees en gevoelvol. "Is jy dalk Martin le Grange?"

"Dis ek. Christine?"

"Einste," sê sy met huiwering in haar stem. "Hierdie is so teen my beginsels, jy kan nie glo nie, maar ek verkluim. Werner, my broer moes dringend ..."

"Pieter het my gesê. Klim in. Dis koud."

Sy stem is meer kortaf as wat hy bedoel het.

Sy klim in en gooi haar bruin leerskouersak op die agterste sitplek. Sy buig vooroor met haar bolyf op haar bene, druk haar gesig tussen haar knieë en ril.

"Dankie! Dis veronderstel om lente te wees, maar dis kouer as Karoonagte in die winter!"

"Jy van die Karoo?"

"Jip. Uit die vlaktes rondom Colesberg. Daar waar daar niks is nie, en tog alles."

Haar woorde sny diep. Die uitdrukking pynig sy verstrengelde denke en emosies wat die fonteine in sy grys oë prikkel.

Hy kyk vinnig weg om sy verleentheid weg te steek.

Hy knik, weer ver in sy eie gedagtes.

"Waarom is jy op pad na die hospitaal toe?" vra sy en vryf hard oor haar slank bene om warmte terug te druk.

"Nie die hospitaal nie. 'n Plek daar naby," mompel hy.

"O?"

Hy bly stil. Haar 'O' was 'n vraag. Een wat hy nie seker is hy wil antwoord nie.

Sy selfoon lui en 'n vrouestem kom oor die luidsprekers.

"Martin?"

"Elma?"

Sy stem verklap ongewenste emosies.

"Is jy op pad, Boeta?"

"Ja. Ek is nou-nou daar."

"Jy's al weer laat. Ek en Deon moes al gery het om Ma te gaan haal."

"Jammer. Ek kon nie loskom by die werk nie. Ek probeer my bes. Sien jou nou."

Hy lui af en loer onderlangs na Christine. Sy kyk stip na hom met groot oë wat gevul is met empatie. Hy merk nou die skadu's onder haar oë was donker kringe, verdoesel onder lae grimering, maar dit was nie genoeg om die pers kleur heeltemal te versteek nie.

"Jou pa?"

Haar stem was sag.

"Wat van my pa?"

"Die vrou noem jou Boeta. Hulle gaan jou ma haal? Ek het net afgelei dat die persoon na wie jy gaan jou pa is."

Hy knik.

"Hoop hy's oukei."

Hy skud sy kop stadig heen en weer.

Hoe verduidelik hy aan 'n wildvreemde mens dat die fondament van sy bestaan, sy alles, sy bron van wysheid en rigting, sy sielsmaat en sy beste vriend wat sy hele lewe daar was vir hom, nou 'n onsamehangende, verwarde wese is wat weinig kontak met die wêreld rondom hom het.

"My pa is laasjaar ..."

Die foon lui weer en Elma se stem is histeries.

"Martin, Pa het geval! Ons jaag nou hospitaal toe. Kry ons by ongevalle asseblief!"

Die geïrriteerde vrou van vroeër, nou afhanklik van haar broer wat oorgeneem het toe die koning van die huis nie meer kon nie.

"Ek is nou daar."

Hy kyk na Christine met 'n hartseer uitdrukking.

"Lyk my ons gaan tog na dieselfde plek."

Weg is die irritasie, en hartseer vorm 'n grys ligkring om sy oë.

"As ek klaar by my dokter is, mag ek kom inloer om te sien hoe dit met hom gaan?"

"Hoekom? Wat het hy met jou te doen?"

Sy glimlag skeef en haar groenbruin oë was donker.

Was dit pyn wat hy daarin sien?

Het hierdie mooi meisie wat niks meer as twintig kan wees nie, fisiese pyn of is dit diep waters van empatiese pyn wat hy daarin sien?

Iemand wat verstaan.

Iemand wat nie antwoorde vra nie, maar bloot ... verstaan.

Verstaan sonder woorde.

"Jammer. Dit was onnodig skerp."

Sy skud haar kop en haar oë glinster onnatuurlik.

Die ou BMW kom rukkerig tot stilstand in die parkeerterrein en hulle skarrel gelyk uit die voertuig. Sy gryp haar sak, terwyl hy na ongevalle draf. Christine stap na die spreekkamers met gevoude arms en haar skouers geboë teen die wind. Die skouersak swaai ritmies om haar regterheup.

Elma wag reeds ongeduldig.

"Ons het 'n krisis en jy ginnegaap met 'n jong meisie!"

"Regtig, Elma? Pa is in ongevalle en jy is gepla met Christine, wat ek opgelaai het omdat sy ook na hierdie hospitaal toe moes kom."

"Christine nogal. Voornaamterme met 'n straatmeisie? Ons het jou nodig, Martin. Pa gaan vinnig agteruit. Ek en Deon kan nie alles alleen hanteer nie," kerm sy oor haar skouer terwyl sy voor Martin drafstap na die ongevallebed, waar Martin le Grange senior lê.

Die bed is met bloed besmeer.

'n Gapende wond strek oor sy pa se voorkop en onder sy haarlyn in, waar die dokter aan diens die sny met vaardige hande toekram.

Martin skuifel nader en neem sy pa se hand.

"Hey, Dad."

Die lewelose oë soek die stem. Vir 'n oomblik is daar 'n flikkering van erkenning en hy druk sy seun se hand.

Trane druk meedoënloos.

"Gaan Elma. Gaan haal vir Ma. Gaan doen wat julle moet doen. Ek sal hier bly vir die dag," sy woorde struikel diep emosioneel tussen die krake en trilling van sy stem deur.

Na 'n ewigheid van skarrel, skoonmaak, verbind en versorg, eindig Martin en sy pa op in 'n enkelkamer. Dit was duur, maar dit is vir sy pa. Hy moes lank terug reeds sy nuwe motors en groot huis, wat hy reeds op die jeugdige ouderdom van dertig skuldloos besit het, verkoop om toe te sien dat Dad die beste kan kry.

Hy leun terug in die gemakstoel en sug.

Slaap swem op oor sy wange en druk hom onder, nader aan breekpunt.

Sy oë gaan huiwerig oop, onseker oor hoe lank hy geslaap het.

Op die bed sit 'n klein figuur in 'n hospitaalgewaad. Die mooi, ronde skedel is gladgeskeer en blink met 'n dowwe glans in die kamer se skemerlig. Perfek gevorm.

Dad se hande is styf in hare. Sy praat saggies in 'n kalm stemtoon, so asof sy 'n storie vertel.

"Christine?"

Sy kyk om en glimlag.

"Haai."

Hy staan op en gaan sit aan die anderkant van die bed, en kyk vas in die groenbruin oë.

Hemel sy is pragtig!

"Waar is jou hare?" Die vraag glip uit voor hy kan keer.

'n Effense blos sprei oor haar bleek wange en haar skouers trek op.

"Af."

"Hoekom?"

'n Benoudheid druk in sy bors en skielik staan die pers kringe onder haar oë soos bose, swart mane – kontrasterend tot die helder oë – glinsterend van koors.

"Ek gaan oor 'n paar uur in vir 'n breinoperasie. Ek wou net gou vir jou pa kom hallo sê."

Martin sluk weer emosies wat soos klonte grond in sy keel vasdruk.

"Hoekom?" kreun hy.

"Ek wou net vir hom kom sê alles sal oukei wees. Alzheimers vat net mens se brein. Die drome en liefde van die hart is vir ewig. Dis niks en dis alles. Drome en liefde bedoel ek."

Weer daardie ewigheidswoorde.

Dis niks.

En dit is alles.

"Drome en liefde lyk na niks as alles goed gaan, maar word soos alles, wanneer dinge moeilik raak."

"Wie is jy?"

"'n Meisie van die Karoo, wie se pa vandag een jaar gelede aan alzheimers oorlede is op die ouderdom van sestig."

Christine draai weer na die ouer man wat met leë oë haar gesig en stemtoon volg. Sy neem die twee benerige hande weer styf in hare. Sy praat saggies met hom oor drome en herinneringe, oor die binnekant van die mens se hart, en 'n rusplek van vrede en stilte. Martin wonder hoeveel emosies hy nog kan verduur in die druppel tyd vandat hy Christine ontmoet het, voordat spontane ontbranding hom in 'n hoop as los.

Hy kan nie meer nie.

"Hoe lank?" fluister hy.

"Tien jaar."

"Dad is een jaar, dit was te vinnig. Ek kan hom nie verloor nie. Ek kan nie!"

Martin druk sy gesig in sy hande en sy skouers ruk.

Christine leun oor en vryf sy rug. Deur sy trui en hemp voel hy haar warm, koorsige hand.

Hoe is dit moontlik dat hierdie meisie wat self so siek is, hom bemoedig as andersom.

Hy kom stadig regop.

"En jy?"

"Wat van my?" Christine kyk weg.

"Wat gaan met jou gebeur?"

"Opereer. Daar is geen ander opsies meer nie."

"Wat ... wat ...?"

Hy kry nie die woorde uit nie.

"Wat is die prognose?" maak sy die vraag klaar. "Bietjie meer as nul. Maar dis niks en tog is dit alles, nie waar nie? Niks as ek sterf, alles as ek leef. Net dit alleen maak die kans van bietjie meer as nul om te leef 'n dankbare lewensvreugde. En daardie bietjie, deel ek graag met jou en jou pa."

"Maar, maar ... ek wil jou graag beter leer ken."

"Ek sou ook graag wou. Kom sê hallo as jy vir jou pa kom kuier."

"Maar as jy nie leef nie?"

"Dan is dit niks, en tog ..."

"Is dit alles," maak Martin die woorde klaar en neem haar hande in syne.

"Dankie. Ek sal vir jou kom kuier."

***

Hy skrik wakker in die koel skadu oor sy gesig en bolyf. Sy bene is warm gebak. Hy sit regop. Die groot tamarisk gooi 'n ligte, soel skadu teen die warm Karooson, wanneer Martin le Grange by die swart grafsteen gaan kniel en met sy hande saggies oor die naam streel.

"Hoe lank het ek geslaap?" fluister hy

"'n Volle uur, my lief. 'n Volle uur," sê sy en sit haar hand saam met syne oor die grafsteen van Martin le Grange senior.

Christine soen Martin op sy kroontjie en vryf oor haar lyf wat reeds die vrug van nuwe lewe toon.

"Dankie vir alles."

Piekniek en panic

Sue Eksteen

My naam is Lisbé en ek is vier jaar oud. Mamma sê ek is oud voor my tyd, maar Oupa sê dis omdat ek die enigste ooilam is en altyd in grootmensgeselskap sit en tande tel. Ek het nog nooit tande getel nie ... grootmense het in elk geval te veel tande om te tel!

Mamma se naam is Lisbetta en sy is 'n enkelouer. Dit beteken ek en sy bly by Oupa en Ouma en Pappa bly by homself. Hy kom kuier wanneer Mamma by die werk is. Ek het hom gevra hoekom hy nie kom wanneer sy ook hier is nie, maar hy sê hulle is nie op speaking terms nie. Dit beteken hulle praat nie met mekaar nie, want hulle baklei altyd. Partykeer is hy per ongeluk hier wanneer Mamma tuis kom, dan praat hulle met sulke stywe nekke met mekaar, terwyl hulle na my kyk.

Mamma sê mansmense is selfsugtig. Hulle steel jou hart en verkoop dit dan vir peanuts. Ek weet nie eintlik wat dit beteken nie. As Ma nie meer haar hart gehad het nie, sou sy mos dood gewees het? En wie wil dan 'n hart koop? Grootmense is baie snaaks en hulle sê goeters wat nog snaakser is, maar hulle lag nie vir die snaaksgeit nie.

Oupa sê Mamma is hardekoejawel en sy gaan haar kop stamp tot hy fyn en flenters is. Ek wil darem nie graag sien hoe haar kop soos snippertjies papier grond toe val nie. Miskien moet sy maar liewer 'n dik keps dra sodat haar kop nie breek wanneer sy hom stamp nie.

Ek het eendag my kop teen die wasbak gestamp en dit was baie seer! Ek het 'n groot, blou knop gehad wat baie gepyn het. Ouma het ysblokkies in 'n lap toegedraai en teen my kop gedruk en vir my suikerwater gegee vir die skrik. Pa was baie kwaad en het gesê dit gebeur as 'n vrou haar kind los om te gaan werk in plaas van om haar plek te ken.

Ouma sê Pappa en Mamma is kwaad vir mekaar oor Mamma wil werk en Pappa wil hê sy moet by die huis bly. Oupa sê Pappa is reg: 'n Vrou se plek is by die huis waar sy moet kos maak en kinders oppas. Sjoe, Ouma was toe so kwaad vir hom dat dit gelyk het of daar blitse uit haar blou oë spring. Sy het gesê hy moet swyg voor hy dinge sê wat klein ore skade kan aandoen. Ouma is baie lief vir Mamma. Sy sê Mamma is haar blou-oog prinses en ek is haar klein feëprinsessie.

Oupa is nogal partykeer kwaai en dan raas hy met Mamma. Hy sê spyt is 'n goeie ding, maar dit kom altyd te laat.

My maatjie se naam is Henriette en sy bly in 'n huis saam met haar mamma en pappa, soos ons ook eers gebly het. Haar mamma werk ook, maar net in die oggend. Haar pappa gee nie om nie. Hy sê solank hy 'n bord kos kry as hy van die werk af kom, is hy gelukkig. Dan lag tannie Esmeralda, Henriette se ma, en sê 'n man se pad na sy hart loop mos maar net deur sy maag. Ek wonder of dit 'n teerpad is met sypaadjies? Miskien is daar blommetjies langs die kante geplant.

Henriette se pa en ma lag baie en hulle hou hande vas wanneer hulle saam gaan stap na ete. Pappa en Mamma het ook hande vasgehou lank terug toe ons in ons huis gebly het. Nou bly net Pappa daar en Oupa sê Mamma lê op sy nek in plaas van om haar verantwoordelikhede na te kom. Ek het nog nie gesien hoe Mamma op Oupa se nek lê nie. Sy vat hom net partykeer om die nek as sy hom soen. Grootmense sê snaakse goed. Oupa sê Mamma het 'n pak slae nodig. Ek wonder wie haar sal pak gee? Sy is dan al 'n grootmens! Miskien sal Liewe Jesus haar foeter as sy nie wil luister nie.

Oupa sê Pappa is 'n goeie man en Mamma kan haar ou skoene agternagooi vir hom. Sy het toe nie haar ou skoene agter hom aangegooi nie. Sy het hulle vir ou Lina, die huishulp, gegee. Lina was baie bly, want haar dogter en Mamma dra dieselfde nommer skoen. Sy sê haar dogter werk by die supermark as 'n kassiere en sy hou daarvan om mooi aan te trek.

Ouma is bietjie vet en lekker sag, en sy gee nie om as ek op haar skoot klouter nie. Sy het oë soos die hemel en dra nog nie 'n bril nie, want sy sê haar oë is perfek. Dan snork Oupa deur sy neus en sê dis ydelheid. Ouma lag maar net vir hom. Sy hou ook baie van babapoeier en ruik altyd lekker. Sy het 'n sakdoekie wat sy voor by haar dinge insteek en dit ruik na blommetjies. Sy sê dis olie-kolonie. Haar hare is kort en wit en dik en dit maak baie krulletjies. En haar oë lag altyd.

Sy bak lekker vetkoek en dan eet ons dit sommer so warm saam met stroop. Oupa eet die heel meeste. Hy het 'n snor wat mens kielie as hy jou soen. Die stroop sit altyd vas aan sy snor. Oupa dra 'n leesbril en kruisbande om sy broek vas te hou. Sy hare is ook wit en baie dik. Dit blink van die olie wat hy dit mee kam. Oupa is baie lief vir spierwit hemde en stywe boordjies. Ouma sê hy maak onnodige werk vir haar en Lina as hulle al sy boordjies moet stywe.

Oupa lees baie. Hy lees elke dag die hele koerant en dan kla hy oor die regering wat dwars is en nie vir die man op die straat omgee nie. Hy sê dis omdat hulle net lief is vir hulle selwers en dit veroorsaak al die probleme. Ek dink Oupa sou 'n goeie president gewees het, want hy lees elke dag lank uit die Bybel en hy kan baie lank bid. Ek maak altyd my oë oop en loer vir hom. Dit lyk of hy met 'n regte mens praat wanneer hy bid.

Hy sê hy vertel vir die Here alles en vra Sy raad vir alles en dan praat die Here met hom in die Bybel en vertel hom wat om te doen. My Bybel kannie praat nie, maar dit is vol baie mooi prentjies. Oupa sê as Mamma meer in haar Bybel lees sal sy lankal terug gewees het by Pappa.

Ouma sê Oupa maak vir Mamma rebels met sy geknor en ge-
karring. Sy sê hy moet Mamma uitlos om haarself te vind. Dit
klink amper asof sy weg was, maar sy kom nog elke aand na
werk huis toe.

Ouma raas nooit nie, net as Oupa sy koerant op die sitkamer-
bank laat lê. Sy sê die ink smeer af aan haar meubels. Ouma hou
van 'n skoon huis. Sy en Lina politoer, en was en skrop heeldag
lank. Die huis ruik altyd baie lekker wanneer hulle klaar is.

My skool is net om die draai van Oupa en Ouma se huis en
ek stap sommer saam met Lina soontoe en terug. Ons kom
vroeg uit, want ek is nou maar in Graad RR. Ek hou baie van
my juffrou. Sy kan kwaai ook raak wanneer ons stout is. Sy is al
amper 'n ouma en haar hare begin ook wit word soos Oupa en
Ouma s'n. Sy sê ek kan vir Liewe Jesus vra om Mamma en Pappa
se harte sag te maak vir mekaar. Miskien het hulle harte hard
geword soos Oupa se verfkwas wat hy vergeet het om te was.

Juffrou leer ons om baie mooi goeters te maak uit papier en
ons gebruik regte, egte skêre en gom. Ons is nog te klein om te
leer lees en skryf, maar ek kan al my naam self skryf. Ons verf en
teken prente met vetkryt en Juffrou laat ons baie speel. Dan trek
ons grootmensklere aan. Dis vir my die heel lekkerste om huis-
huis te speel. Pieter is my man. Ons hou piekniek op die mat in
die klaskamer en eet ons toebroodjies. Daarna gaan speel ons
bal buitekant, maar ons moet eers al ons grootmensklere uittrek
en wegbêre.

Partykeer wens ek dat Pappa en Mamma en ek kan gaan piek-
niek hou en dat Pappa saam met my kan bal speel. Mamma is
altyd moeg wanneer sy van die werk af kom en Oupa is al te oud
om te hardloop. Ek verlang baie kere na Pappa en dan wil-wil ek
begin panic. Dan huil ek maar saggies in my kussing oor hom
anders trek Mamma se gesig so snaaks en dan gaan loop sy buite
in die donker rond.

Oor nog net drie keer al my vingers is dit Kersfees. Verlede
Kersfees het ek en Mamma nog by Pappa gebly. Ons het 'n boom
opgemaak en vir mekaar presente gegee. Kersvader wil nie

meer na ons huis toe kom nie. Mamma sê ek is nou te groot en hy bring net vir klein kindertjies presente. Dit was darem altyd lekker om ietsie by hom te kry omdat ek soet was. En hy het altyd die koekies en melk klaargemaak wat ek op die vloer by die boom vir hom gelos het. Ek kan nie baie onthou van verlede Kersfees nie, want ek was klein en nog nie in die skool nie. Pappa het vir Mamma gevra of hy asseblief 'n seuntjie vir die volgende Kersfees kan kry.

Dit is toe dat hulle sommer weer met mekaar baklei het. Mamma het gesê Pappa wil haar vasbind by die huis en sy geniet haar werk.

Hoekom sal Pappa haar wil vasbind? Miskien is hy bang iemand steel haar ... of dalk is hy bang sy kry seer. Pappa het gesê ek is te alleen en dat ek 'n boetie of sussie nodig het. Net voor die skool begin het, het Mamma al ons klere gevat en by Oupa en Ouma kom bly. Oupa was lank kwaad en wou niks met Mamma praat nie. Ouma het op haar tone verby Mamma se kamer geloop en gesê sy is stukkend.

Sy het gou reggekom, want die volgende dag het sy gaan werk en daar was nêrens 'n ou lasplekkie nie. Toe sy van die werk af kom, het ek sowaar sommer nog 'n present gekry. Sy het vir my 'n First Love-pop saamgebring. Oupa het gesê dis haar gewete wat haar ry, maar sy het net verby hom geloop sonder om te groet. Hulle praat darem nou weer met mekaar, maar Oupa knor nog steeds vir Mamma. Ek speel lekker met my pop. Ek hoop ek sal Kersfees 'n wiegie vir haar kry.

Noudat Kersvader hom nie meer steur aan my nie, kan ek nie eers vir hom vra om my en Mamma terug te vat na Pappa toe nie. Hy sou ons maklik kon terugvat, want sy slee is groot en het plek vir al ons tasse en goeters. Pappa sal darem baie bly gewees het vir so 'n present! Pappa het vir my gesê ek moenie vir Mamma sê nie, maar hy verlang baie na ons. Hy sê dis niks lekker om so alleen te slaap nie en is al moeg vir gemorskos en eiers.

Ouma sê al wat Mamma wil hê is dat Pappa vir haar sal sê hy is lief vir haar ... elke dag, sommer baie kere elke dag. Mamma weet haar kos is lekker, haar huis is skoon, en Pappa het haar nodig, maar sy wil hoor hy is lief vir *haar*, nie alles wat sy vir hom doen nie ... so sê Ouma. Ek sê elke dag vir Mamma en Ouma en Oupa ek is lief vir hulle. Dis maklik om vir mense te sê jy is lief vir hulle. Ek wonder hoekom sukkel Pappa dan so?

Pappa het gisteraand hier aangekom en Ouma het my kamer toe gestuur. Ek wou nog vir hom 'n drukkie gegee het, maar hy het so anders gelyk en sy oë was hartseer. Hy het net vir Mamma gekyk. Voor ek kamer toe is, het ek gou vir haar geloer. Sy het nie vir Pappa gekyk nie, maar na haar skoene. Ek kon sien sy was senuweeagtig. Ek het hard probeer hoor wat hulle vir mekaar sê, maar hulle het buite op die stoep gaan praat. Oupa het die TV in die sitkamer hard gedraai ... so asof hy en Ouma doof is. Ek het maar gewag in my kamer met Lilly, my pop.

Na 'n baie lang tyd het Mamma kamer toe gekom. Haar oë was rooi, maar sy het so half snaaks gelyk en vir my geglimlag.

"Liefie, ons gaan Saterdag huis toe. Jy moet vir Ouma môre na skool help om al jou klere en speelgoed in te pak."

Ek het met 'n oop mond na haar gekyk en nie omgegee dat hulle my so lank alleen in my kamer gelos het nie. Pappa het gery voor ek nog vir hom 'n drukkie kon gaan gee, maar dis ook orraait, want ons gaan huis toe! Ons gaan Kersfees by die huis wees ... en vir my vyfde verjaardag, wat een hand vol vingers voor Kersfees gebeur.

'n Rukkie later het ek en Mamma by Oupa en Ouma in die sitkamer gaan sit. Die TV was weer sag en Ouma het baie bly gelyk. Selfs Oupa het gesmile terwyl hy sy koerant optel en maak of hy lees. Daar was 'n muggie of iets in sy oog, want hy het 'n vet traan wat onder sy bril uitgeloop het met sy vet duim afgevee.

Ek het eers later gehoor dat Mamma besef het hoe lief sy vir Pappa het. Sy was moeg vir die werk en al die mense wat so baklei by die werk. Die baas het haar gevra om Saterdae ook te begin werk vir dieselfde salaris. Sy het geweier en sonder om te dink vir hom gesê sy is nie sy slaaf nie, maar Pappa se vrou, so hy kan sy werk stick, sy loop sonder kennis en hy kan sy geld ook maar hou.

Pappa was in die wolke toe sy hom bel om vir hom die nuus te vertel en het dadelik na Ouma en Oupa se huis gery om met haar te kom praat. Oupa en Ouma wou hê hulle moes alleen dinge uitpraat en daarom is ek kamer toe gestuur en was die TV so hard.

***

Ek word Desember agt-en-dertig en my jonger boetie was in September twee-en-dertig. Oupa is in die hemel en Ouma bly by ons in 'n granny flat. My drie kinders en my boeta se tweeling is groot maats. Gedurende ons grootwordjare was Mamma heeldag tuis en ons was bederf met koekies, al haar aandag, en hope liefde. Sy en Pappa is baie gelukkig saam … en ons familie hou gereeld piekniek. Daar is nie plek vir panic in ons lewens nie.

Ek het eers in my vroeë tienerjare uitgevind dat my boeta Mamma se eintlike "Kersgeskenk" aan Pappa was! Maar ek swyg soos die graf …

Kringloop van die gladde tong

Heidi Heese de Beer

Die suidooster pluk ongeduldig aan die houtvensterraam soos 'n ongenooide besoeker wat wil inkom en plek soek in die koffiewinkel met sy warm kaggelvuur. Skuiling soek teen die koue buite, alhoewel dit al Oktober is. Verdroogde akkerblare waai verskrik tussen motorwiele en waterplasse rond.

Die ritseling van 'n teekoppie langs my laat my skrik en wakker word uit my dagdroom.

"O, dis jy," sê ek verbaas, terwyl ek vir my nog 'n lepel suiker inroer.

Ek krap weer in my gedagtes rond. Ek het gehoop vir 'n bietjie rus. Vrede.

Die huis se stilte maak my mal.

"Het jy gehoor?" is gewoonlik Anette se eerste sin.

Vandag weer. "Het jy gehoor …" voor sy deur die kelnerin onderbreek word en 'n stuk wortelkoek met ekstra room bestel.

Sy vertel vir my stories van skoolvriendinne wie se gesigte ek al vergeet het, kollegas van jare gelede, en vriende van ons ouers se ouers.

Die stories stoei teen die rumoer in my binneste. Onderdrukte duisternisse, oortrek met stofbedekte skuldgevoelens.

Anette praat aaneen. Al wat ek sien, is die laaste stukkie wortelkoek wat stoei om uit die greep van haar koekvurkie te ontsnap voor dit in haar oop, donker mondholte verdwyn terwyl woorde angstig ontsnap. Al wat ek soek, is rus en vrede; harmonie in stilte.

Ek vertel nog 'n leuen om haar alleen agter te laat met al haar onvertelde stories en 'n halfklaar koppie tee. Die essensie van onwaarhede jaag my.

By die huis wag jy vir my. Ek kry jou agter jou rekenaar, en trek weer die studeerkamer se deur toe sonder om jou te steur. Die dag het reeds gegroet toe jy uitkom. Ek sit by die gedekte tafel vir twee, die oorskietkos al lankal weer koud. Minute van woordelose gesprekke volg.

Geringe onhoorbare fluistering en huiwerige verbystering as ons oë groet.

"Ekskuus," mompel jy voor jy van jou bord af opkyk. Dowwe glinstering weerkaats in jou stem.

"Ek het vandag vir Anette gesien."

Jou afwesigheid tref my baarmoeder – die misdaadtoneel van ons huwelik.

"Ek het gedink ek wil 'n projek, of studie, begin oor die sosiale impak van selfone en tegnologie op die alledaagse lewe en hoe dit vandag se mens, huisvrou affekteer ..."

Die diep frons op jou voorkop bevestig jou afkeuring.

"Ek sal dit 'Kringloop van die gladde tong' noem."

"Waar kom jy nou weer daaraan?" het jy geïrriteerd gevra.

Jy het die laaste slaaiblare in jou bord rondgeskommel. Dit het my aan vandag se verwilderde akkerblare laat dink. Die onsekerheid van 'n toekoms. Die grendel van sekuriteit wat vir ewig geknak is soos verdwaalde emosie.

Ek weeg die gesprek se stilte voor ek antwoord: "Ek is moeg, so moeg vir al die stories. Moeg vir die intensiteit van elektronika en wat dit aan mense doen. Facebook, Twitter, Snapchat,

Instagram, Whatsthefuckup. Dit hou net nie op nie. En stories word net groter. Pleks mense hulle by boeke vir stories hou!"

In die agtergrond speel Tchaikovsky se *1812 Ouverture*. Jy is weer stil na my uitbarsting. Miskien was dit te dramaties. Ek is jammer. Ek wens ek kon dit hardop sê. Ek is só jammer. Oor so baie goed. Stelselmatig begin die klarinet by die viole oorneem. Met vinnige ritme word spanning geskep om die oorlog te voorspel. Onbewus is jou kake in ritme met die musiek se slag. Die skree van verlange, rippel my siel. In my kop neurie die Franse volkslied.

Ons sit op die stoep en kyk hoe die sekelmaan nog 'n dag kerf. Herinnering oprol in 'n hooibaal van lewenskringe, hier op aarde gestoor.

"Ek gaan vir Anette sê ek het 'n verhouding." Gespanne wag ek vir jou reaksie, maar jy reageer nie. "Miskien las ek sommer 'n stertjie by en sê dis met 'n getroude man. Ek wil kyk hoe vinnig dit versprei, en dalk kom dit met 'n draai weer by my. Ek is seker sodra ek my rug draai, gaan sy haar foon uithaal ..."

Jou vingers is in mekaar gevleg. Ek wens jy wil myne saam in die mandjie weef.

"Onthou om te sê sy mag vir niemand vertel nie, dis die beste manier om 'n storie aan die brand te steek."

Ek is verbaas oor jou reaksie, maar verdoof dit met my eie bonsende slaginstrument. Wie het ons liefde se harpsnare uitgestel? Hoekom sing ons sopraan nie? Waar is die tenoor? Het ons ooit 'n dirigent?

Jy vat 'n laaste sluk whiskey voor jou hand rakelings aan myne raak terwyl jy opstaan. My tassintuig smag na jou aanraking; my wese na vrouwees.

Alleen staar ek na ons nagtuin. 'n Paar weke gelede, sonder voorwendsels, het geurige lentebloeisels in ons tuin opgekom terwyl die wind se skadu my hart onseremonieel koudgelaat het. Of was dit die stille skemering van ontnugtering?

'n Verdwaalde mot sirkel onverpoos om 'n dowwe straatlig. My lewe voel soos die van 'n mot, besef ek opeens. Sirkel na

sirkel. Kring op kring. Die nimmereindigende roetine van mens-
wees. 'n Kersvlammetjie kan verlossing bied vir die mot, wat
se hoofdoel in die lewe is om voort te bestaan. Nie die dowwe
straatlig nie. Mag die mot môre saligheid vind in sy lot; doel in
sy bestaan as prooi of broeikas vir die nageslag. Ek wonder of
ek 'n kersvlammetjie moet kies. Maar die sterre se lig gee vir my
hoop. Die maan en die son, dis deel van my roetine. Ek sluit die
sitkamer se skuifdeur toe die kerkklok die derde keer kraai.

★★★

Wingerdbotsels geur die lug en stofpaadjies kronkel teen die
hellings op terwyl ons op die teerpad bly. Dis skemer en
die laaste sonstrale val in goud- en koperkleurige strepe op
Stellenboschberg waar dit in wolke verdwyn wat oor die piek
huiwer. Ons is op pad na een van jou maatskappy se spogetes
waar julle kliënte onthaal. Ek haat die pretensie van geluk en die
prostitusie van welsyn terwyl meeste gaste in elk geval worstel
met hulle eie innerlike armoede. Die verwaarlosing van selfwees
opgesmuk in 'n ontwerpersuitrusting. Net nog 'n marionet wat
die protagoniste van valse geluk speel. Hoekom kan mense nie
net wees wie hulle is nie en ophou om flenters van ander te wees?
Is dit ons era se identiteitskrisis? Ons ontvang die gaste. Wulpse
borste staar verleë uit skarlakenrooi satyn terwyl hulle kuisheid
geborstrok word vir 'n ander man se smeuling.

Jy drink te veel. Ek verkyk my aan die krag van gefermenteerde
druiwesap, die vermoë om verstrengelde woorde met 'n kristal-
glas los te snoei. Sorgeloos styg die borreltjies van my vonkelwyn
op. Traandruppeltjies klou teen die rand van my fluitglas en ek
druk die koue glas teen my wang en voel die kondensasie teen
my hand afgly. Ek wens ek kon iewers anders wees.

Jy kom staan langs my en sit jou arm om my skouers. Jou
aanraking voel soos die van 'n vreemdeling. Tannien-besoedelde
lug vibreer teen my oordrom.

"Jou studie was 'n sukses." Toe ek my kop draai en jou oë soek, glimlag jy vir my voor jy 'n sluk van jou cabernet vat. Jou adamsappel skuif op en af teen jou styfgespande nek.

"Watse studie?" vra ek benoud onskuldig.

Jy wag 'n rukkie terwyl die oorblywende wynwasem teen jou palet kleef voor jy weer fluister: "Jou Anette-studie, die kringeding."

Ek sien hoe die borrels in my glas gretig opskiet vir 'n kans op ontsnapping.

"Hoe lank was dit nou? Vier weke, vyf, twee?" kladder jou woorde deurmekaar.

"Ou Andries wat oorkant my sit by die werk het my nou eenkant toe geroep. Gesê hy wil ernstig met my praat, toe sê ek goed, ek kry net nog 'n glasie."

Jy praat baie vanaand. Soos toe ek jou jare gelede leer ken het. Ons was al twee nog so jonk; maagdelik, sorgvry. Ons het kaalvoet in die Eersterivier gestap. Piekniek gehou by die waterval in Jonkershoek. Toe ons kon laf wees en laatnag droom oor 'n toekoms saam. Naakte liefdesbeloftes met goedkoop wyn. Onthou jy dit?

Jy vat weer 'n sluk voor jy verder opgewonde vertel: "Buitekant, toe ou Andries eers sy sigaret aan het, vra hy vir my of ek weet dat jy 'n affair het!" Jy laat sak jou kop op my skouer. Ek hoor hoe jy my hare se reuk diep in jou longe intrek, voor jy dit liefdevol agter my oor terugvou. "Dit het gevoel of my hart gaan staan." Dit voel of my hart gaan staan. "Ek kan nie sonder jou leef nie. Ek was so verlig toe ek skielik onthou van die studie of projek-ding waarvan jy ander aand gepraat het."

My hart woed wild in die te klein ruimte om my. Jy soen my saggies op my wang. Die lou-klam wat agterbly wurg my gewete.

"Jou fantasieman het sommer identiteit ook gekry ... Jacques, Jacques Terblanche van alle mense! Wie sou die Fransman vir jou gekies het?"

Jy lag dat jou kop agteroor val. Mense naby ons verstar in hulle gesprek om na jou te kyk.

"Parlez-vous!" roep jy uit. Ek stik effens in my vonkelwyn.

"Jy moes ou Andries se gesig gesien het toe ek vir hom sê ek weet daarvan!" gaan jy voort, maar my ore het toegeslaan.

Dit het toe regtig nie lank gevat voor jy gehoor het nie. Ek is bly ek en Jacques het hieraan gedink.

Dit het gewerk.

Vir nou.

Onder die salami

Estie Wentzel

My seun het vir homself 'n tent in die agterplaas opgeslaan. Dis nie regtig 'n tent nie, maar een van daardie kampkombuise van skadunet waarin kampeerders die vlieë van hulle kosvoorrade weghou. Oor die tent het hy 'n soort gordyn van kunsklimop gedrapeer, en die effek is verbasend aangenaam.

Betree die tent en jy is in 'n ander wêreld. Enige jongmens, of meer moderne mens as ek, sal dit herken as die wêreld van die *Stalker*-rekenaarspeletjie. In hierdie speletjie moet die oorlewendes van die Tsjernobil-ramp hulle pad deur 'n skaduagtige distopie van ruïnes en bose wesens met mutasies vind. My seun het daarin geslaag om die atmosfeer, of in elk geval 'n atmosfeer, vas te vang. In een hoek van die tent, in die groen onderwaterlig, staan 'n geroeste tuinstoel. 'n Houtstellasie wat as bed dien, staan teen die ander tentmuur en 'n ruwe, ou houtkis op 'n voos vloermat vorm die middelpunt. Op die kis is 'n vodkabottel, 'n outydse paraffienlamp, 'n pakkie Texas-sigarette en 'n 1965 Leica-kamera wat hy op die internet opgespoor het.

Die tent het verder 'n bliktrommel wat my seun nuut gekoop en toe self sorgvuldig met suur verinneweer het sodat dit nou dekades oud lyk. Daarin bêre hy sy eie kamera en filmgereedskap, veilig verseël in Glad-vriessakkies. In 'n ander hoek van die tent staan nog 'n houtkontrepsie en daarin hang plastiekreplikas van 'n Kalashnikov-geweer en Makarov-pistool, so outentiek dat jy sou sweer dis die ware Jakob.

Van die dak, aan hake, hang 'n flits en verskeie ou meelsakkies met proviand: biltong, iets wat vir my na bont swamme lyk (hy het dit ook iewers van die internet af bestel) en droëvrugte. Reg bo die bed swaai 'n salami. Ek het al gekla oor dié salami wat nou al vir maande in wind en weer in die tent hang en vir my na die verpersoonliking van voedselvergifting lyk, maar hy trek net sy skouers op en sê hy gaan dit mos nie eet nie.

Het ek gesê hy het probleme met angs en depressie? Hy kom sit baie aande in die tent as 'n angsaanval dreig, glas bokswyn in die hand. (Die vodka is duur en net vir vertoon.) As ek die sagte geel sirkel van die paraffienlamp in die donker tuin sien, weet ek Rudolf sit nou en mediteer en hou ek hom vas in my hart.

Toe ek so eenuur vanmiddag van my oggendklas kom by die kollege waar ek immigrante Engels leer, was ek vaak, so vreeslik vaak dat ek by verskeie robotte amper aan die slaap geraak het. Ek het darem die huis gehaal, waar ek in die oprit in die sonnige kar 'n ruk sit en slaap het. Gewoonlik drink ek tee en eet iets, lê 'n rukkie skuins voor die televisie en ry dan weer terug om reg te maak vir my aandklas, maar die perfekte herfsweer wat ons nou het, het 'n bedwelmende effek op my.

Ek drentel om die hoek van die huis waar die wildernis wat nou ons tuin is, my begroet. Ek lig die flap van die tent en klouter op die houtstellasie, waar ek weet dit op so 'n dag heerlik gaan wees. En hier lê ek nou op 'n jogamat op die stellasie, my kop op 'n grondseil waaronder allerhande hobbelrige goed gestoor word. Alles wat lekker is op 'n suiwer blou herfsdag is nog lekkerder in 'n tent. Daar is 'n seebriesie buite wat die kunsklimop se blare laat wieg en flarde sonvlekkies kaleidoskopies oor my en die groen interieur strooi. Die houtbed staan aan die sonkant, en waar dit buite in die windjie effens koel was, is daar net milddadige hitte hierbinne. Die salami bo my bed is bietjie onthutsend, maar nou ja, niks is perfek nie. Dit is alles onmoontlik lekker. Deur my amper-slaap kom die vraag wat nou al 'n jaar of drie in die middel van die mees alledaagse aktiwiteite sy opwagting maak, weer by my op:

Kan ek nou huis toe gaan?

Watse nonsens is dit? Ek *is* tog by die huis. Ek bly om die waarheid te sê nou al twintig jaar in hierdie huis wat ons self laat bou het met my man en kinders, sommige nou al getroud en weg. So, waar is die kastige huis dan waarheen ek nou terugdwing? Is dit die rooi rante van Upington, waar ek langs die Grootrivier grootgeword het? Nee, ek was nooit 'n sandloper nie. Ek kon dit dalk nie toe so verwoord nie, maar selfs as 'n jong kind het my siel as 't ware 'n sug van verligting geslaak wanneer ons met die Vanrhynspas van die plato afgedaal het na seevlak vir ons lang somervakansie.

So, is dit dan Franskraal, met sy swart rotse en groen seewier, sy gladgespoelde gryswit klippers en onveranderlike hoog- en laagwaters waar ek my gelukkigste dae gehad het? Miskien, maar my kinders was mos nog nie toe daar nie. En ek wil nie 'n huis hê waaraan hulle nie ook 'n intieme deel gehad het nie. So waar dan? Hierdie huis, *my* huis hier in 'n strandbuurt van Perth waar sommige van my kinders gebore is, en almal van hulle grootgeword het?

Ja, tog. Dit moet wees, al voel ek nou so vervreemd. Hier was hulle peuters, kleuters, skoliere, en universiteitstudente. Kinders in Perth studeer mos maar meestal uit die huis uit, die alternatief is te duur. Hier het my dierbare ma so baie male oor die jare vir ons kom kuier, pragtig uitgedos ter ere van ons, haar kinders, as ons haar op die lughawe gaan haal het. Hier was tog vriende en soms familie, maats en katte, hase en kanaries, verjaarsdagkoeke en matriekafskeidrokke en tennisrakette.

So, hierdie is my huis, basta met die nonsens.

Maar alles het hierdie jaar verander. My ma, my beste maat, is dood. My laaste kind is in sy laaste jaar van universiteit. Ons straat, vir twintig jaar 'n doodloop, word vergroot en verleng. Die bos langs ons huis is weg, die bedreigde swart Carnaby-papegaaie, wat elke lente met groot rumoer oor ons huis gevlieg het om in die bos te kom nes maak, is weg en luukse eenhede skiet op.

O ja, en my huwelik is op 'n einde.

In hierdie huis het ek in my huwelik verskriklik baklei en verskriklik gely tot ek alle moed verloor het. En toe, eendag, na 'n gewroeg en geworstel en 'n gebid en gesmeek, het ek net skielik, stilletjies en wonderbaarlik losgekom. Daarna was die pad makliker. Toe my dogter die huis verlaat om haar eie lewe te lei, het ek die huwelik – maar nie die huis – verlaat.

Nie dat die nuwe lewe gelykpad is nie. Die ringlose vinger na 35 jaar, die alleen gaan fliek, alleen woel en werskaf, alleen die toekoms beplan, alleen by die see sit en alleen wakker word, is baie vreemd.

"Maar jy doen hierdie dinge al jare lank alleen!" sou my vriendinne uitroep. Reg, maar dit is 'n ander soort alleenheid as jy die dag regtig en amptelik enkelloper word, al was dit ook die ding wat jy amper die graagste in die hele wêreld wou hê. Die emosionele rugsteuning, die sosiale status van "my man" is nie meer daar nie en jy krap jou eie potjie as ouer vrou in 'n wêreld wat onverskillig teenoor jou staan.

Vandaar dan in elk geval die ekstra wilde tuin en die dooie, geel gras nog voor dit winter is hier agter. Ons tuin was altyd bedoel om wild en natuurlik te wees, maar my man het opgehou snoei en versorg en stelselmatig die gras begin uitroei.

"Julle het nog altyd julle gatte aan die tuin afgevee en ek sal nie meer hier wees om dit te versorg nie." Hy's reg. Hy was die een wat naweek na naweek geswoeg en gesweet het om uiteindelik 'n inheemse lushof te skep in die arm sandgrond. Ons ander het dit net geniet. In die voëlvriendelike tuin het die pragtige Australiese voëls hulle gang gegaan en akkedissies en bye 'n hawe gevind. En in die somernagte het ons op die buffelsgras gelê en opgestaar na die helder sterre.

Behalwe vir die slange in die huweliksgras, was daar oor die jare ook 'n paar werklike slange in ons buffelsgras. Ek is selfs eenmaal gepik en moes 'n nag in noodgevalle deurbring, maar dit *is* nou maar so down under. So, die gras moet uit en klippies moet gegooi word. Ek sien uit daarna. Ek hou van klippers, nog van my Franskraal-dae af.

Ek staar deur swaar ooglede na die impressionistiese, wiegende groen tuin buite die tentgaas. Ek beleef die subtiele, andersoortige lewensvorme om my, die sagte wind, die geritsel van goggatjies, die gezoem van 'n enkele by, my katjie wat krap aan iets in die hoek van die tent.

'n Fliek wat ek lank gelede op televisie gesien het, kom by my op. Dit was 'n Indiese film oor die doen en late van twee brandarm, maar bekkige tienerseuns in 'n krotbuurt van Delhi. Uiteindelik beland hulle op 'n bult buite die stad waar hulle hulself na 'n lang dag op die harde grond in die son neervly.

"Dinesh" (of wat dit dan ook al was), sê die jonger seun skielik terwyl hy op die naat van sy rug deur skrefiesoë opstaar na die blakende son.

"Dinesh, the earth is spinning."

Sestienjarige Dinesh, ook op sy rug in die son, lê 'n rukkie voor hy antwoord.

"Let the bastard spin," kom dit. En vir 'n rukkie lê die twee gemeenskaplik daar, vir die oomblik vry van hulle probleme in 'n kokon van warmte en kameraderie.

Ek lê op my sy en voel hoe die son my rug warm bak. Ek dwing my oë oop net vir die genot van hulle weer te laat toeval. Die salami draai stadig, psigedelies aan sy haak bo my lyf.

"Let the bastard spin," se ek sleeptong, en dommel in.

Die inbreker

Herman Beukes

Die naggeluide om hom laat hom rustig voel. Die insekte raas asof hulle betaal word om dit te doen. Hy klap na 'n lastige muskiet wat in sy een oor sing. Dit verdwyn net vir 'n rukkie voordat dit weer terugkeer met mening. Hy swets en klap weer. Dié keer slaan hy sy eie oor raak en hy vloek luidrugtig vir die pyn wat deur die oor se delikate membraan skiet. Hy hou sy hand oor sy oor totdat die pyn bedaar, sy oë toe van die ongemak.

'n Geluid iewers voor hom laat hom skrik. Sy oë skiet oop terwyl hy so stil as moontlik probeer sit. Hy hou sy asem op en staar na die man wat op die agterstoep van die huis uitgekom het. Sy fors gestalte is duidelik afgeëts in die geel lig wat iewers agter hom deur die oop deur skyn.

Die man teug diep aan die sigaret in sy mond, en dit gooi 'n spookagtige, ligrooi gloed oor sy gesig. Die man se intense blik, wat lyk asof dit reguit na hom staar, laat hom sy asem vinnig intrek.

'n Koue rilling hardloop langs sy rug af, maar hy skud dit ergerlik af. Hy het die score nodig want sy kontantvloei raak min.

Hy sak dieper in die lang gras weg en loer versigtig deur die halms na waar die man met een hand diep in sy broek se sak oor die agterplaas uittuur. Hy wonder of die man uitgekom het omdat hy iets gehoor het? Hy kyk benoud om hom rond na die res van die werf. Hy het geen landmyne gesien nie, so daar is nie honde waarvan hy weet nie.

Hy hou die huis al die laaste paar ure dop en wag net sy kans af om dit te betree. Die omgewing en ander huise in die buurt spreek van welvaart en hy hoop dit is hier ook die geval. Hy het so gehoop dat die man al vas slaap, want wakker mense kompliseer net die storie. Hy haat dit om hardhandig te raak, veral as die huisbewoners weier om saam te werk. Hy het nog nooit nodig gehad om iemand leed aan te doen nie, maar daar is altyd 'n eerste keer ...

Sy oë deurloop die agterkant van die huis. Meeste van die vensters is toe en donker. Daar brand net 'n lig in die kamer by die agterdeur, wat hy aanneem die kombuis is, en een in 'n venster laag teen die grond, moontlik 'n kelder.

Sy aandag word getrek toe die man sy sigaretstompie op die boonste trappie doodtrap, omdraai, en in die huis inloop sonder om terug te kyk. Die deur word toegetrek en die donkerte sak neer op die werf.

Hy haal die rewolwer agter by sy broek uit waar hy dit ingedruk het en knak die nek. Ses patrone glinster dof in die lig van die halwe maan; die magasyn is vol. Tevrede skud hy sy kop en maak dit toe. Hy is reg vir enigiets. Hy strek sy bene voor hom uit en maak homself gemaklik. Hy sal nog 'n ruk moet wag totdat sy slagoffer aan die slaap geraak het. Hy kyk na die glimmende wysers van sy horlosie en sien dat dit alreeds 01:45 is. Hy frons. Die man moes al lankal geslaap het. Wat maak dat hy so laat wakker bly?

Hy hou die huis al 'n paar dae dop en het nie baie beweging gesien nie. Daar was geen teken van 'n vrou en kinders nie, net die man wat elke dag met sy Ford Ranger by die garage uitry en in die aand laat weer terugkeer. Die grasperk voor die huis is mooi versorg en netjies gesny. Die agterplaas is 'n ander storie. Hier is die gras heuphoogte en het duidelik lanklaas 'n grassnyer gesien.

Geen vriende kom kuier nie, maar hy gaan wel uit en keer partykeer terug met 'n meisie aan die arm. Gewoonlik is sy so dronk en onvas op haar voete dat hy haar moet ondersteun tot in die huis. Hy self sien hulle nie weer uitkom nie, maar dit pla hom min.

Die insekte hervat hulle naggeluide.

'n Bietjie na 03:00 skrik hy wakker en kyk versigtig om hom rond. Die enigste lig is nog steeds die een in die keldervenster. Dit is nou of nooit, besluit hy. Hy kom moeisaam orent en doen vinnig 'n paar strekoefeninge om sy spiere los te maak. Die lank sit het hom styf gemaak.

Hy luister vir oulaas na die geluide om hom voordat hy versigtig oor die grond beweeg in die rigting van die agterdeur. Hy bereik die stoep sonder voorval en maak homself plat teen die muur. Hy kan voel hoe sy hart in sy bors klop van die inspanning. Hy haal deur sy mond asem en loer versigtig deur die kombuisvenster. 'n Dowwe gloed vanuit die trap na die kelder gee net genoeg lig sodat hy die inhoud van die kamer kan sien. Geen verrassings daar nie.

Behendig druk hy die skroewedraaier onder die raam in en buig dit effens weg sodat hy die plat yster kan inkry om die slot oop te maak. Die ruit swaai geruisloos oop. Die feit dat daar geen diefwering voor die venster is nie, het hom oortuig dat dit die beste plek sou wees om in te kom; maklik en vinnig in en uit. Geen komplikasies.

Hy swaai sy bene oor die lae vensterbank en klim deur. Binne staan hy vir 'n oomblik en luister vir enige verdagte geluide. Net die tik-tak van 'n staanhorlosie iewers in die huis versteur die stilte. Hy trek sy neus op vir die vreemde reuke in die huis. Iets wat jy ook aan gewoond moet raak as jy 'n huis ingaan.

Die lig wat onderdeur die kelder se deur skyn trek sy aandag. Hy wonder of hy eers daar moet gaan loer vir iets wat van waarde is. Hy kou sy onderlip terwyl hy sy opsies oorweeg. Sy oë neem die inhoud van die kamer in. Hy takseer elke item in waarde en skud sy kop vir dit wat nie enigiets werd is nie. Sy gesig vertrek van teleurstelling. Dit lyk asof hy nog 'n bloutjie gaan loop; nog 'n armgat!

Ingedagte tel hy 'n silwer hangertjie op wat op die tafel lê en prop dit in sy sak. As hy niks van waarde kan kry nie sal dit ten minste 'n troosprys wees; 'n herinnering aan hierdie huis.

Sy oog vang weer die kelder se deur. Hy loer om die kosyn in die gang af, maar sien niks behalwe verskeie deure wat lei na ander vertrekke. Hy kantel sy kop en verbeel hom hy hoor 'n ligte gesnork in een van die kamers verder af in die gang. Glimlaggend draai hy om en beweeg na die paar trappe wat aflei na die kelder se deur. Die man gaan nie gelukkig wees as hy môreoggend wakker word en besef hy is besteel nie ...

Onder talm hy vir 'n oomblik, sy hand op die soliede deur se handvatsel. Met 'n besliste afwaartse druk maak hy die deur oop. Dit bied geen weerstand nie. Die laboratoriuminstrumente en ander verwante toerusting wat die kamer vol staan vang hom totaal onkant. Dit is egter die misvormde figuur wat net binne die deur staan wat sy bloed in sy are laat stol ...

★★★

Speursersant Henry Dillinger kyk af na die liggaam van 'n naakte jong man wat hulle uit die rivier gehaal het. Iemand het 'n uur terug die inligting deurgebel na die polisie toe. Soos in die verlede, wou die persoon nie sy of haar naam of verdere besonderhede gee nie, net dat daar 'n liggaam in die rivier dryf.

Met die hulp van die watereenheid het hulle die liggaam uit die water gehaal en op die oewer neergelê. Dit was toe dat hulle hóm gebel het.

Met 'n geoefende oog kyk hy die liggaam deur. Dit lyk op die oog af ongeskonde, behalwe vir die ontbinding wat reeds begin het. Hy sien geen teken van enige klere naby die liggaam nie en kry by voorbaat 'n hol kol op sy maag.

Met 'n sug vat hy die twee blou rubberhandskoene wat een van die forensiese tegnici hom aanbied. Sy skoene is reeds bedek met die blou oortreksels wat kontaminasie van die toneel verhoed. Terwyl hy dit aantrek stap hy nader. Die klapgeluid soos hy dit oor sy hande trek weerspieël sy frustrasie.

Hy lig die een kant van die liggaam op en bekyk dit vlugtig. Sy oog vang die prikmerk agter die kop net bokant die C1-werwel waar dit aan die skedel vasheg. Hy glimlag en laat sak die torso. Hy knik met sy kop vir die lykskouer dat hulle die liggaam kan verwyder. Hy weet wat sy dood veroorsaak het. Iemand het sy spinale vloeistof geoes.

Hy skrik toe iemand aan sy arm vat. 'n Vrouekonstabel hou iets na hom toe uit. Hy vat die sakkie met die enigste bewysstuk op die toneel en bring dit nader aan sy oë om beter te sien. Die sonlig weerkaats op 'n blink, silwer hangertjie met 'n kopbeen en twee kruisbene. Hy knik sy kop in haar rigting om dankie te sê voordat hy dit in sy sak bêre, sy gesig stroef.

Die kopbeenhangertjie-reeksmoordenaar het weer toege-slaan. Al wat dié keer anders is, is die geslag van die slagoffer. Gewoonlik is dit vrouens wat deurloop onder sy hande. Hy wonder wat die arme drommel gedoen het om dít te verdien ...

Om die hasepad te kies

Yolanda Faye Holder

Waarom kom julle na my toe aangestorm met stokke en hokke? het ek gewonder terwyl my asem gejaag en my hart in my ribbekas gebollemakiesie het. Ek het geblaas, my tande gekners en my voete gestamp, maar dit het hulle nie afgeskrik nie. Ek kon nie veel meer doen om myself teen hulle te verdedig nie. Ek het – sidderend en uitgeput – in my klam, bruin vel op die gras verstar; my oë donker en wild.

Ek sou later hoor dat hulle blykbaar die vorige dag reeds op die WhatsApp-groep beplan het om my te agtervolg en plat te trek.

Ek het die lewelose liggaam van my suster 'n week voor my ont-bering op die sypaadjie voor die ingang na die kompleks gevind. Sy was waarskynlik ook 'n slagoffer van hulle peupelbewind en opruiery; seker ook agternagesit, vasgekeer en op die sypaadjie vir dood gelaat, het ek gedink. Ek het geskrik toe ek haar – waswit en koud – op die grasperk sien lê het, nadat ons, sedert ons geboortedag, onafskeidbaar was.

Versigtig het ek het dit nader aan haar gewaag, maar die aan-skoue van haar bebloede liggaam het my met afgryse gevul. Ek het die hasepad gekies. Ek sukkel steeds om daardie afgryslike toneel uit my geheue te verdryf. Ek het later daardie oggend my moed bymekaargeskraap om na die toneel terug te keer, maar toe ek weer daarlangs gaan, was daar geen teken van haar nie. Die "skoonmakers" was duidelik reeds op die toneel om al die bewysstukke te verwyder en haar padkarkas weg te dra. Ek was te laat!

Dis was nie die eerste keer dat hulle ons probeer vastrek nie. In die verlede kon ons elke keer daarin slaag om hulle kloue te ontglip. Aan die sy van my ousus het ek onverskrokke gevoel, maar na haar dood is my lewenslus geblus.

Ons het nooit in die stad ingepas nie, maar was altyd buitestanders sonder 'n woonplek van ons eie. Bedags het ons vir kos gebedel en snags skuilplek in warm en vriendelike hoekies en gaatjies gesoek.

Die reuse is vleiseters, ons is vegetariërs; hulle is toringende trolle, ons is dwerge. Ons is behaard en hulle lywe is glad. Hulle diere is ook behaard net soos ons, maar hulle het kake en kloue om met ons tipe af te reken. Kleintyd het ek hierdie brullende reuse en hulle haarbedekte helpers gevrees.

Ek onthou hoe ons deur die reuse gevoer en vertroetel is nadat ons uit die arms van die wildernis weggeskeur is. Dit was moeilik om aan te pas in 'n plek waar lang gras nie meer jou voete kielie nie terwyl 'n dreunende gegons daagliks jou ore teister. Versnaperinge was volop in die Land van Trakteer en Vraatsug. Ons is na teepartytjies uitgenooi waar hulle kinders vir ons tee in porseleinstelletjies geskink het en vir ons kolwyntjies gevoer het. Daardie was behaaglike dae van knussig leef voordat ons Wonderland in 'n nagmerrie verander het.

Eendag, nadat pionne in uniforms alles uit die Hartenshuis uitgedra het, het die eens vriendelike koning en koningin saggies vir mekaar gefluister dat ons nie welkom sal wees in hulle nuwe tuiste nie. Hulle het ons op die kompleks se grasperk afgelaai en in hulle brommende wa weggejaag. Ons was aan ons eie lot oorgelaat en moes weer die kuns van oorlewing aanleer. Dit was egter nie moeilik om weer aan te pas nie.

Ons is vrye geeste wat weet watter winde reënbringers is en ons ken die stand van die son en die maan. Die kleinvolk diep onder die grond hoor die sleep van haar voete en snuif haar lug wanneer Moeder Natuur haar vaal karos sprei en daarna die groen piekniekkombers vir ons onder ons voete oopvou.

Maar die reuse het dit in hulle koppe gekry dat ons weerloos is en beskerming nodig het. Hulle idee van vrysetting het ons kettings geword. Ons piekniekkomberse is opgevou en tussen mottebolle weggepak.

Die bisarre ervaring het my herinner aan 'n storie van die goue gans wat my grootouers eenkeer vir my vertel het:

"'n Reus het eendag lank, lank gelede 'n boom afgekap, en toe dit omval, het hy 'n gans met vere van suiwer goud in die wortels gevind. Hy het die gans opgetel en na die herberg gegaan om te oornag. Die herbergier se drie dogters het probeer om die wonderbaarlike gans se goue vere uit te trek, maar toe die eerste suster aan die vere pluk, het haar hand en haar vingers aan die vlerk bly vassit. Die volgende oggend toe die reus vertrek, moes hy die pad vat met die gans en die drie meisies wat daaraan vassit. Meer mense het aan hulle vasgeplak en die tou het net langer en meer belaglik geraak."

Die jagtog, wat met twee of drie reuse begin het, het in die spektakel van die goue gans ontaard.

"Wie wil haar huis toe neem?" het een van die reuse gebulder nadat hulle my platgetrek het.

Die grys reus wat altyd hoedens gedra het om die son uit sy oë te hou, en wie se bynaam Die Hoedemaker was, het in 'n rasperstem gewaarsku: "Onthou dat daar 'n naamband en 'n opspoortoestel om haar nek gemonteer moet word om haar doen en late 24-uur 'n dag te kan monitor. Daarbenewens is daar die rompslomp van aansoekvorms en regulasies deur die trustees waaraan gehoor gegee moet word."

Hulle het my Houdini genoem. Waarom, weet ek nie. Een van die reuse met lang, goue hare wat ek Die Hertogin van Harte gedoop het, het eenkeer gesê dat Houdini nou wel nie 'n meisiesnaam is nie, maar dat dit toepaslik is omdat ek myself altyd uit strikke en gevangekampe grawe. "Sy is veglustig en uitgeslape; niks kan haar binnehou nie. Sy sal net weer uit aanhouding ontsnap," het sy gesmaal.

Terwyl hulle my in die hok toegesluit het, het iemand gekerm dat die inwoners van die kompleks nie by die spoedgrens hou nie. Motoriste is veronderstel om 'n spoedgrens van 45 km per uur te handhaaf om die veiligheid van ander inwoners en hulle troeteldiere te verseker.

"Talle kinders, honde en ander troeteldiere het al slagoffers van spoedvarke geword. Die straatligte werk ook nie altyd nie en dan kan 'n niksvermoedende of sorglose motoris maklik 'n ongeluk in die stikdonkerte maak," het 'n ander sy tong geklik.

"Gee haar vir my," het 'n lelike kaalvoetreus aangedring.

"Jy het twee Jaberwalkies wat haar sal verskeur," het die grys-haarreus gemaan.

"Maar hulle word in my erf agter hoë mure toegesluit," het hy geprotesteer.

"Maar hulle neem jou elke namiddag deur die kompleks vir 'n kragstuur-wandeling waaroor jy geen beheer het nie. Hulle sal haar uitsnuif en haar nek met een hap knak."

Die grys reus was wys en kon blykbaar, soos die seun van die Switserse edelman in die Grimm-broers se sprokies, drie tale praat. Omdat hy die toesighoudende reus was, moes hy eerstens leer om te verstaan wat honde kommunikeer wanneer hulle blaf. Sonder hierdie vermoë sou hy nie daarin geslaag het om aansoek vir sy pos as bewaarder van die kompleks te kon doen nie.

Sodra hy die kuns bemeester het om honde te kon verstaan – van klein sagmoedige hondjies tot groot aggressiewe brak-ke – moes hy snags in die maanlig buite rondsluip om die gemiaau van katte te begryp. Nadat hy telkemale in 'n krappaal getransformeer is en deur die Cheshire-kat in die okerboom uitgejou is, het hy uiteindelik daarin geslaag om hierdie kuns ook te bemeester.

Die derde taal wat hy as opsigter in die land van die reuse probeer aanleer het, was ons taal. Dit is 'n moeilikste taal om te bemeester omdat daar in geheime kodes en gebare gekommunikeer word.

Hy het nie daarin geslaag om die volledige taalstudie onder die tong te kry nie, maar hy het wel genoeg geleer om die swape te kon adviseer: "Sy sal op haar gelukkigste wees indien julle haar vrylaat."

"Jy is mal, Hoedemaker!" het die gepeupel gegil met 'n versoek dat sy kop op 'n skinkbord aan hulle gebied moet word, maar na 'n paar minute van sober nadenking het hulle bedaar en besef dat sy kredietwaardigheid as professionele taalkenner nie in twyfel getrek kon word nie.

Die kleinpootjies het hulle lang, beweeglike ore gespits om aan-dagtig na die lewensverhaal van hulle grys stammoeder te luister. Ander het hurkend orent gestaan met rondwoelende, snuffelende neusies om beter te kan hoor en te kan sien. Geen gedierte kan ordentlik na 'n storie luister wanneer hulle nie die storieverteller kan sien nie!

"Maar waarom wou hulle Ouma in 'n hok aanhou met 'n wurg-ketting om die nek?" het 'n benoude stemmetjie uit die agterste hoekie geklink.

"Omdat hulle nie ons taal kon verstaan nie, my konyntjie."

"Wat het daarna gebeur?" het almal grootoog en stertwip-pend gewonder.

"Die reuse het my vrygelaat nadat ons tolk, Die Hoedemaker, 'n ooreenkoms met hulle gesluit het om my gereeld vars groente en vrugte te voer, om versigtiger te bestuur deur by die spoedgrens te hou, en vir my 'n nuwe maat te kies. Hulle het toegestem tot al my eise en ek is as die gelukbringer van Wonderland aangewys.

"Hierdie verdrag is steeds in plek en ons en ons nageslagte moet almal, om ons eerbewyse te betoon, elke jaar ons lojale volgelinge beloon deur goue sjokoladehase met rooi strikke om hulle nekke voor die reuse se deure af te lewer."

Spieëltjie, spieëltjie
Bets Koen

Die donderweer spoel oor die huis. Blitse weerkaats deur die slaapkamer en veroorsaak ligontploffings in die groot ovaalspieël. Geruisloos staan sy op en gryp na die naaste handdoek. Net voor dit oor die spieël gly, vang sy 'n beeld in die spieël vas. Sy skrik. Die gesig wat na haar terugstaar, is dié van 'n vreemdeling ...

Bevange van vrees vir alles wat blits en raas, begrawe sy haar kop onder die duvet en kruip nader aan Erik se warm lyf. Sy arms gly in sy slaap om haar en trek haar stywer teen hom vas. Sy gee haar oor aan sy beskerming. Die beeld in die spieël bly haar egter by: donker hare, bruin oë wyd gesper, troebel. Nie hare nie. Erik sê sy het bokkie-oë. Sy kruip nog dieper onder die duvet in, probeer haar rukkerige asemhaling in toom hou. Van kindsbeen af het sy 'n vrees vir swaar weer. Dit is asof die weer al die vergete pyn en hartseer losruk en na die oppervlak spoel. Sy maak die vreemde oë toe. Hopelik sal slaapvergetelheid haar vrees verjaag.

Daar word gesê dat as jy met vrees in 'n spieël kyk, jou hart se onthou jou inhaal. Ag, laat hierdie nag tog net verbygaan, sonder onthou, want die vrou in die spieël het 'n amper vergete beeld wakker gemaak. Haar man se rustige asemhaling bring effense kalmte in haar onstuimige gemoed.

Dagbreek se sonstrale val geelstreep oor die kamervloer. Marlies beloer die stofvlokkies versigtig van onder haar duvet. Die natuur swyg, die donderweer is weggewaai. Verlig kruip sy uit haar duvet-dop, strek lui uit. Haar oog vang die spieël. Sy pluk seremonieloos die handdoek af, steier dan terug. Asemloos, geskok. Sy het toe nie gisteraand te veel gedrink nie, maar 'n ander onthou het kom nesskop. Die vrou wat na haar terugstaar, se oë is troebel, vaal-hartseer. Verbouereerd kyk sy weg, kyk weer terug. Die vrou staar steeds. Marlies weet ineens: Sy moes nie in die swaar weer in die spieël gekyk het nie ... nie eers daardie klein flitskykie nie ...

Die beeld in die spieël, dié van die vrou met die hartseer oë wat deur wind en weer uit die verledekoffer gediep is, bly die volgende dag by haar, volg haar soos 'n onsigbare voetspoor deur die kamers van haar huis en hart.

Sy vermy haar slaapkamer so ver moontlik. Sy sien nie kans vir 'n konfrontasie met die spieëlvrou nie. As sy wel in die slaapkamer moet wees, vermy sy die ovaal monster so ver moontlik.

Klein Leila kom huppelend in die gang af en storm Marlies se kamer binne, vang haar om haar bene waar sy voor die venster na buite staar.

"Kom, Mamma, kom staan by my!" Die dogtertjie gaan staan voor die spieël en begin ouder gewoonte in die rondte tol. Marlies stap sleepvoet nader en gaan staan agter haar dogter. Sy loer versigtig om die dogtertjie-lyfie in die spieël.

"Oe, Mamma lyk mooi!"

Marlies se hart krimp ineen. Hoe kan die vreemdeling in die spieël 'n mooi mamma wees? Sy buk af, raap die dogtertjie se liefielyfie in haar arms op.

"Kom, ons gaan kyk hoe lyk dit buite." Net nie verder in die spieël kyk nie; daar is 'n vreemdeling.

In die sprokietuin tussen bloedrooi vygies en pienk lelies speel haar dogtertjie met die feetjies en kaboutertjies, skeppings uit Marlies se pottebakkershande. Die son se strale bak warm op die engelkindjie se krullebolkop.

"Jy moet uit die son kom, Leila, of anders jou hoedjie opsit. Jy gaan siek word."

Leila gryp ongeërg haar hoedjie, plak dit skeef op haar kop.

"Mamma, vertel my weer van die lelike heks-koningin en die spieël?"

"'n Nare vrou wat eintlik 'n heks was, het eendag met die koning van 'n ver land getrou. Vir baie jare het die heks se spieël soggens vir haar vertel dat sy die mooiste vrou in die land is. Toe, eendag, was die koning se klein dogtertjie groot. Die heks-koningin het weer, soos al die kere vantevore, in haar towerspieël gekyk.

'Spieëltjie, spieëltjie, aan die wand, wie is die mooiste in die land?' het die heks-koningin gevra. Sy was seker dat sy weer die regte antwoord sal kry. Maar toe skrik sy groot!

'Jou dogter is mooier as jy, Heks-koningin!'

Die heks-koningin het van toe af klein dogtertjies in paddas of ander klein diertjies verander as haar spieël vir haar sê hulle is mooier as sy. Sy het die dogter van die koning na 'n ver plek in die bos gevat en haar daar alleen gelos. Die heks-koningin het gehoop dat die dogter sou doodgaan van koue en honger. Dan sou sy weer die mooiste in die land wees." Leila luister aandagtig, onbewus daarvan dat haar mamma se stem nou hartseer was. "Wat die heks-koningin nie geweet het nie, was dat 'n spieël soms baie kan jok, maar 'n spieël wys ook soms jou ware hartjie," peins Marlies, haar stem 'n skielike fluistering.

"Mamma, nou verstaan ek nie mooi nie, waarvan praat Mamma nou?" Leila se verwarde gesiggie is na haar mamma gedraai. Nie lank nie, toe verloor sy belang in die gesprek en speel verder met die tuinkabouters.

Maar Mamma se kyk het verander ...

Marlies onthou die groot staanspieël in haar kinderkamer. Sy het gereeld voor die spieël rondgetol en geswaai en haarself van alle kante bekyk. Elke nuwe haarstyl is beproef, elke nuwe kledingstuk is aangepas en met die selfvertroue van 'n ontluikende dogter aan haar spieël vertoon. Die prentjie is dikwels met Mamma se grimering voltooi, volledig afgerond met handsak en hoë polvye.

As jongmeisie het sy voortgegaan met die ritueel, nou 'n bietjie minder selfvoldaan, want grootword bring dikwels vertwyfeling mee. Sy het ook, net soos haar maats, graag gekyk of die waarheid van ouer word al in die spieël wys. Tot eendag, toe sy meer as net die waarheid in die spieël gesien het. Pa wat agter haar kom staan het met sy hande op haar waarheid ...

Van daardie dag af het Marlies se spieël haar vyand geword. Haar voetspore het die mat agter om die spieël deurgetrap. Haar selfvertroue was geknak, haar meisiedrome tot as verbrand deur die vuur van haar vernedering. Sy het troos gevind in 'n woordewêreld van boeke en musiek. 'n Stillewe, want daardie waarheid wat sy in die spieël gesien en soveel keer daarna oor en oor beleef het, is nie 'n waarheid wat ontbloot word nie. 'n Onsimpatieke waarheid. Haar kindpyn was haar eie. En Pa se weet.

Leila se pappa het na haar geboorte besluit Mamma en Pappa se slaapkamer moet 'n spieël hê – 'n groot staanspieël wat alles en almal intrek en omraam. Marlies het teëgestribbel, gesê dit is onnodig, daar is nie plek in die kamer nie, daar is mos 'n spieël in die kas én in die badkamer. Buitendien, 'n spieël is tog 'n lelike ou ding, maar haar besware was tevergeefs. Die spieël het sy intrek in hulle slaapkamer geneem – prominent – sodat sy meisies hulleself kan bewonder en mooimaak vir hom, het Erik laggend gesê.

Leila het gereeld voor die spieël gedraai en geswaai, klere aangepas en met grimering nargesigte geteken, net soos Marlies jare gelede.

Marlies het egter wegkruipertjie gespeel met haar beeld. Haar inkleur het sy soggens met 'n geoefende hand gedoen: 'n strepie hier, lipstiffie daar, sekuur gemik met 'n nou reeds geoefende hand. 'n Vlietende blik in die verbygaan in die spieël, sonder inkyk, sonder diepkyk, dan, vinnig in die gang af. Weg van haar waarheid af.

Marlies se dag is deurdrenk met spookbeelde uit die verlede. Die wegsteek-verlede, die toehou-grootwordjare. Sy pyn van voor af, loop kamer toe, tot voor die spieël, draai dan op die laaste oomblik weg venster toe. Daar waar die son skyn; waar helderwarm ligstrale oor die vensterbank val.

Die volgende oomblik storm Leila se gedempte trippelstappies die kamer binne, reguit na die groot, ovaalvormige spieël wat statig op sy draaispoor staan.

"Mamma, hier is jy!"

Sy draai terug, staar weer na die spieël.

Leila staan vreesloos ... die appel van Marlies se oog, háár spieëlbeeld op daardie ouderdom. Die dogtertjie draai en swaai oudergewoonte, lig haar kennetjie en kyk haarself vol in die gesig. Sy lig een vingertjie koketterig in die lug.

"Hallo, spieël, jy moenie vir my jok nie, hoor?" gebied sy. "Is ek ook mooi soos my mamma?"

Marlies snak na haar asem. Leila se woorde het haar vol in die maag getref. Haar liefiekind, onskuld-dierbaar, dink haar mamma is mooi!

Marlies draai stadig om, stap spieël toe, gaan staan agter Leila. Sy lê haar hande op Leila se skouers. Sy sal nog een keer die spieël konfronteer, 'n laaste kyk, dan sal sy vrede maak met die waarheid. Ter wille van Leila. Stadig, asof sy bang is vir wat sy gaan sien, rig sy haar oë op die jarelange monster in haar kamer en haar lewe. Haar oë sluip van onder na bo. Twee paar voete, een paar volmaak klein, onskuld-vars.

Uiteindelik bereik haar oë die bokant van die spieël, kyk sy haarself vol in die gesig. Donker hare, oë wydoop, bokkiebruin.

Daar is niemand anders in die spieël nie, net sy en haar Leila-kind. Dan sluit nog 'n beeld in die spieël aan. Erik. Vir 'n oomblik krimp haar hart ineen, maar dan sien sy die liefde in sy sagte blou oë. En ineens is die spieëlbeeld in fokus.

Marlies voel die onafwendbare natheid van haar trane.

Sy slaak 'n sug van verligting, druk haar Leila-kind met dieselfde bokkiebruin ogies liefderik en dankbaar teen haar vas. Sy lê saggies terug teen Erik se koesterende lyf. 'n Borrellaggie glip meteens oor haar lippe, bevrydend, verlossend.

'n Spieël lieg soms.

Opperysjin Koevoet

Linda J. Durbin

Koevoet vat die pad. Om die ou houtbootjie, af met die paadjie tussen die suurvye deur, tot daar onder by die rotse waar die see met 'n hengse lawaai breek en spat en skuim.

Dêmmit, dink hy terwyl hy sy tagtigjarige liggaam dwing om oor die rotse te klouter. *Ek gaan nie nog baie jare myself so kan verniel nie.* Hy vind die plat, ongerepte gedeelte van die strand en skuif die sak af en oor sy skouer en gooi die visstok langs hom neer. *Dêmmit, hy is moeg!*

Agter die plaat rotse sak drie koppies vinnig weg om uit die ou man se sig te bly.

"Eina! Jy trap op my voet!" kerm Sarel en hy pomp vir Riekie in haar sy met sy elmboog.

"Sorry, man, my enkel het geswik," fluister sy, en skuif haar blou pet reg om stewiger op haar bruin vlegsels te sit. "As Peet net bietjie wil opskuif," sis sy deur haar tande, en pomp weer op haar beurt met haar elmboog in haar maatjie se sy.

Die Drie Mosseltiers is op hul heel eerste missie vandat hulle gestig is, vergadering gehou het, en naam gekies het. "Opperysjin Koevoet" is op die been en dis 'n saak van erns! Wat maak die ou man elke Vrydag so vroeg langs die water? Ja, hy vang vis, maar jislaaik! Daar is iets baie verdag aan die gang in die dorp … Niemand weet waar die "lakkie fiesh" vandaan kom wat die hele dorp aan die gons het nie. En die enigste ander verdagte gebeurtenis wat die Drie Mosseltiers aan kan dink, is die ou man se uittog elke Vrydagoggend. Hulle het twee en twee bymekaar gesit, en dis hoekom hulle nou hier agter die rots lê en koekeloer.

Een keer per week, so dis nou vier maal per maand, los iemand 'n mooi groot galjoen of kabeljou op 'n gesin se stoep of trappie. Die mense in die dorpie is maar brandarm, en vandat die visserye so sukkel met die kwotas en hulle nie meer die skuite kan see toe vat nie, gaan baie ouers honger slaap sodat die kinders kan eet. Maar naweke is daar skielik 'n wonderlike opflikkering in die gemeenskap oor die "lakkie fiesh" wat voor iemand se deur beland. Nie altyd voor dieselfde deur nie, en soms is daar 'n groentetjie by, maar dis asof daardie vis getoor is. Dit bring welstand en opgewondenheid, en 'n gevoel van geheimenis. Niemand wil te veel daaroor praat nie, bang dat dit die geluk gaan breek. Die wat nie kry nie voel maar jaloers, maar weet dat hulle ook 'n beurt sal kry.

"Kyk!" fluister Peet, en trek sy blou oë op 'n skrefie. "Hy gaan loop, en hy het nog niks gedoen nie!"

"Ag man," fluister Riekie terug, "hy gaan piepie."

Hulle kyk hoe die ou man voor aan sy broek peuter en bosse toe loop. Riekie neem gou 'n foto met die kamera wat sy vir haar negende verjaarsdag gekry het, en Sarel skryf gou in sy notaboekie: "6:30 VRYDAG 6 OGGISTES DIE SASPEK VERDWYN IN DIE BOSSE OM IETS TE DOEN".

Riekie leun oor en wys hom met 'n vuil vinger dat hy die maand verkeerd gespel het, dit moet "OUgistes" wees. En skielik sê 'n stem agter hulle: "Ja-ja! En wat maak julle kinders hier so vroeg in die môre?" Hulle vlieg vervaard orent en kyk die ou man verbaas aan.

"Jô! Dis oom Koevoet. Waar kom Oom vandaan?" Peet is rooi in sy gesig soos hy bloos van die skrik, en Sarel maak reg om te hol. Riekie is brawer en vra weer: "Waar kom oom Koevoet vandaan?"

"Captain," antwoord hy.

"Hè?" vra Sarel en die Drie Mosseltiers kyk hom verbaas aan.

"Captain Koevoet," antwoord die ou man. "Noem my Captain Koevoet. Kom, volg my, ek het werk vir julle." Hy glimlag geheimsinnig en hulle volg hom oor die rotse na waar sy visgereedskap lê.

Hulle vertel hom van hul nuwe ghêng en aangesien dit nog skoolvakansie is en daar nie veel anders is om te doen nie, het hulle maar besluit om te kom kyk wat oom ... sorrie ... Kêptin Koevoet als op die strand aanvang.

Hy kyk hulle aandagtig aan en vertel hulle dan hoe hulle hom kan help met sy "lakkie fiesh"-projek. "Maar julle mag niks vir niemand sê nie, hoor julle? Dis 'n baie belangrike operasie hierdie, en geheimhouding is van die uiterste belang. Julle sal moet sweer." Hy kyk rond en haal sy mes uit sy vissak uit. Die drie kinders begin kriewelrig raak, en lyk of hulle reg is om die pad te vat, maar die nuuskierigheid wen. "Gaan ons dan nou 'n bloedeed moet aflê?" fluister hulle vir mekaar.

Koevoet neem sy mes en skraap skulpe van die rots af, skep die inhoud met sy mes uit en gee vir elkeen drie. Daarna sê hy in 'n ernstige stem: "Sluk, en steek jou regterhand in die lug op en sê: 'Ek belowe op hierdie mossels se lewens ek sal nie sê waar die visse vandaan kom, of wie dit gevang het nie.'" Plegtig doen hulle wat hy sê. Hulle voel die hoendervleis op hul arms en die krieweling van opgewondenheid in hul nekke. Dís mos nou 'n opperysjin soos min!

Captain Koevoet vang twee mooi groot visse, en draai sy rug op die kinders terwyl hy die visse skoonmaak. "So-ja." Hulle wag geduldig en luister mooi na sy instruksies, druk hul voorvingers in hul monde, trek dit spoegerig uit en belowe stroesnannies, hul sal getrou wees aan die opdrag wat hy hulle oplê.

"Jy sit die vis op die trappie neer en maak seker niemand sien jou nie. Die ander twee kan kywie hou. Julle weet mos al te goed hoe om toktokkie te speel, nè?" Drie koppies knik.

"Wel, jy sit die vis neer, klop vinnig op die deur en sorg dat jy vinnig verdwyn. Het julle dit?"

In die dorp is daar weereens groot verbystering oor die vis wat nou met drie kloppe gepaardgaan. En daar is 'n nuwe atmosfeer van geheimhouding onder dié wat die vis ontvang het. Die "lakkie fiesh" het nou 'n status van "super lakkie fiesh" gekry. Skielik is dit asof daardie vis vir 'n hele week sorg vir kos, en selfs nuwe skoene vir Jannie of Sannie, of 'n voorskoot vir Ma. Niemand praat daaroor nie, te bang hulle jienks die mêjik van die "lakkie fiesh". Bure begin mekaar agterdogtig aankyk oor die goeie geluk wat hulle een vir een te beurt val. Niemand sê iets nie, maar dit veroorsaak dat daar op 'n dag vergadering gehou word om die saak te bespreek.

"Wel, hoekom sal ons kla?" vra oom Hans Pankop. "Dis nie asof ons die ... e... visse steel nie! Dit kom ons toe! Die voorsienigheid het gesorg dat as ons nie na die see toe kan gaan om ons gesinne te voer nie, dan kom die visse na ons toe. So plein en simpel soos dit!" Hy gaan sit met mening en vee met sy sakdoek oor sy bles. Dis die naloop van die winter, maar hy is nogal geset en die ekstra lagie spek aan sy lyf maak dat hy nie juis die koue voel nie.

"Ja-nee, ons kan seker elkeen elke week 'n stukkie van die lakkie fiesh afstaan en vir arme ou oom Koevoet ook gee. Dis net hy wat niks kry nie. En die ou man word al hoe maerder," sê iemand daar agter.

"Nee wat," lig tannie Breggie haar agterstewe van die stoel af op om haar sê te sê. "As die voorsienigheid gedink het hy verdien 'n vis en so ... dan sal hy een kry. Ek gaan nie my lakkie fiesh weggee nie!"

En so het die vergadering ook tot 'n einde gekom, en die besluit is gemaak dat dié wat dink dit is reg maar uit hul eie vir oom Koevoet ook ietsie kon gee. Of nie.

En so gebeur dit op 'n dag nader aan Kersfees dat oom Koevoet gaan visvang met al drie die Mosseltiers op hul pos langs die rotse en Kêptin Koevoet omdraai van waar hy die visse skoongekrap het, die visse vir die twee seuns aangee en inmekaarsak.

"Jô ... oom ... Kêptin!" Roep Peet verskrik uit en hardloop na die ou man toe. Koevoet lê doodstil en Riekie begin huil.

"Sarel, gaan roep gou vir Robbie ... hy bly die naaste. Oom Koevoet ... word wakker," snik sy. Maar die ou man is stil en blou en nie meer daar nie.

En op die sagte wit seesand, tussen die gebreekte skulpies waar die visse geval het, sien Riekie iets vreemd uit die bekke uitsteek. Sy buk af en krap dit uit en vind opgerolde geldnote. Vyfhonderd rand in elke vis. En die twee Mosseltiers kyk verdwaas na mekaar. So dís wat die ou man gedoen het! Hy het liefde gegee. Hy het omgegee, en bitter min teruggekry. Nie eens respek nie.

Skielik staan hulle op uit die sand, met traanstrepe wat vore maak teen hul wange. En gou, voor Sarel met iemand terugkeer, sê Peet vir Riekie: "Van nou af vang ons drie vis. Elke Vrydag. En al is die visse nie meer super lakkie nie, ons weet hoeveel dit beteken het. Hierdie geld gaan groente koop, en brood en melk. Vir solank as wat dit hou." Hy steek vinnig die geld in sy sak.

Die mans het gekom en Captain Koevoet se liggaam teruggeneem dorp toe. Die Drie Mosseltiers het verwese en tranerig gesit en dink aan hul ou vriend wat ongesiens soveel vir die dorp gedoen het. Meteens haal Peet sy knipmes uit sy sak en skraap mossels van die rotse af. Hy skep hul uit en gee vir elkeen drie. "Sluk," sê hy, "en sê agter my aan: 'Stroesnannies, ons sal vir niemand vertel van die geld en die vis nie. Ons, die Drie Mosseltiers, sal nou bekend wees as die Koevoet Klan.'" Hul staan plegtig op aandag en salueer in die rigting van die see.

"Mooi loop, ons Kêptin," sê Riekie met haar gesig nat van die trane.

"Mooi loop!" eggo die drie kinderstemme. En die wind waai en die see spat en dreun en skuim met 'n hengse lawaai.

En die lewe van die dorp gaan aan.

Stillewe

Bedelia Paulsen

Die voordeur staan oop, die gordyne nog steeds toegetrek, al stap die horlosie nou al lank verby die middaguur. Lig skyn deur die ingang. Dit helder die donker voorportaal op en ook die skildery teen die muur.

"Nooit weer nie ..." fluister Isak benoud toe hy sy amper-dood-ervaring herleef.

Hy stoot sy fiets af in die straat, onder skuiling van statige bome wat lyk of hulle op hom neerkyk terwyl hulle pronk oor goedversorgde grasperke. Hy is op soek na 'n huis wat versteek is tussen al die imposante regs- of belastingskonsultantefirmas. Hy skud sy kop aanhoudend, asof hy ontslae wil raak van al die duiwels wat op 'n mallemeule draai binne-in sy kop. Dis nie soseer die skildery self wat by hom spook nie; dis haar interpretasie daarvan. Dit herinner hom aan sy eie sterflikheid ...

'Die orgidee simboliseer die ryk man; die verweerde stewels, die armes en die buskaartjie naby die vullisblik, die mens se lewensreis. Alhoewel ons paaie verskil, bly die bestemming dieselfde. Almal, ongeag rykdom, sosiale status of wie ook al, almal sal eendag in dieselfde plek beland ... in 'n graf, ses voet onder die grond."

"Ag nee, man! Die is nou skoon lawwigheid," sug hy. "Isak Bruinders, nou moet jy jou regruk! Die plan was om hier te kom werk en geld te verdien sodat die res van die familie hierheen kan verhuis. Dit het niks te doene met 'die emmer skop' nie, tensy my rookgewoontes die wiele gaan aandraai en dinge versnel."

"Daar onder in ons graf, Isak," beklemtoon sy met haar oë gerig op die grond, "... is daar geen verskil tussen die twee van ons nie. Ek en jy? Ons gaan al twee na dieselfde plek. Ons one-way ticket is klaar bespreek nog voordat ons gebore was. Sommige van ons wil net nie vrede maak daarmee nie."

Sy sit in 'n wiegstoel buite op die stoep van haar outydse Victoriaanse huis, verdwerg deur twee massiewe konstruksiepersele aan weerskante van haar erf. Sy steur haar min aan die spul werkers langsaan wat so 'n rumoer maak, óf die man wat vinnig aanstap in haar oprit. Sy kyk nie na hom nie, nie eers toe hy reg voor haar staan nie.

"Marrag, Mevrou," blaker hy. "Ek kry hierdie ou briewe van jou buite jou posbus lê ... op die grond, toe dog ek maar ek bring dit ..."

Sy vroetel eers met haar wolkombers voordat sy styf vasklou aan die stoel. Haar oë bly nog steeds gerig op die groot hek.

"Mister!" prewel sy. "Jy't duidelik nie die waarskuwing op die hek gesien nie."

Hy wil die briewe net daar neersmyt en laat spaander, maar iets keer hom. Iets wat sê: 'Staan doodstil of ... jy's morsdood'.

"Dit mag miskien oud lyk, maar dis beslis nie verniet daar nie," herinner sy hom. "Enigeen wat dit ignoreer, sal nie lewendig hier uitstap nie." Skielik voel hy die karige haartjies op sy bleskop penorent staan en sweetdruppels rol in sy nek af. Dit voel asof hy diep in die grond in vasgesement is, nes die verweerde Moeder Maria-beeldjie in haar tuin.

"Maar ... soos ek mos ... nou alreeds gesê het ... Mevrou," stamel hy. "... ek't net jou pos ..."

"Dit was nie nodig nie," mompel sy ergerlik. "Dis in elke geval nie myne nie, heelwaarskynlik my seun s'n. Die Vader weet alleen waar hy is. Sal darem nice gewees het as ek ook geweet het."

"Orraait," mompel Isak. "Ek los dit dan maar hier ... langs Mevrou ... dan loop ek maar." Hy plaas die briewe langs 'n potplant op die klein houttafel en beweeg eers stadig agteruit voordat hy vinnig omswaai en nael, hek se kant toe.

"Maak die hek toe!" skreeu sy agterna.

Isak het geen verdere aansporing nodig nie. Hy lig sy bene so hoog as moontlik in sy vlug na veiligheid en soos 'n vaardige hekkiesatleet sweef hy deur die lug asof die duiwel agter hom is. Helaas, in plaas daarvan om oor die hek te spring, skop hy dit wawyd oop en val holderstebolder plat op die grond, tesame met die geroeste staalbordjie wat daaraan vasgemaak was. Verskrik gluur hy die waarskuwing daarop aan: 'Oortreders sal geskiet word, oorlewendes sal opgevreet word'.

Haar honde was op die stoep. Hul spiere staan bultend uit onder blink, swart pelse terwyl hul grommend demonstreer wat kon gebeur het indien Isak een tree in haar huis sou waag. Hy bly net daar lê en stoot die hek versigtig toe. Suutjies kom hy orent en sluit dit net betyds soos hy vaskyk in wreedaardige, swart oë en vlymskerp tande, sigbaar in 'n amper sinistere doodsglimlag. Genoeg inspirasie om hom op sy fiets te laat spring en vinnig pad te gee.

Van mevrou Cummings is daar geen teken meer nie, behalwe haar wiegstoel, wat rustig heen en weer swaai.

Hierdie posaflewering is rêrig nie vir sissies nie, besluit hy. Hy sal versigtiger moet wees. Eers was hy so byna hondekos vir twee rottweilers en dit omdat hy nie sy plig teenoor sy medemens wou versuim nie. Daarna bevind hy hom as 'n onwillige, dog alwetende ooggetuie in 'n huisbraak. "Ek't niks gesien nie," fluister hy benoud. "As die skurke weet ek't hul gesigte gesien, skiet hulle my net hier morsdood."

Dit voel of hy net daar inmekaar kan sak. Hy maak dit net-net verby hulle en gaan maar voort om die verkeerde pos in die verkeerde posbusse te plaas. Weereens 'n fout wat hom al meer as een keer amper sy werk laat verloor het.

"Liewer dit as wat ek geskiet word bloot omdat ek in die verkeerde plek op die verkeerde tyd was. Daai noue ontkoming met mevrou Cummings se honde was geen verskoning vir my om anderkant toe te kyk nie," dink Isak hardop.

"Soos iemand voorheen gesê dit: 'Die is die rede dat ons land op pad hel toe is. Die Titanic se ligte was darem nog aan toe dit sink.' Wel! Nie terwyl Isak Bruinders nog lewe nie. Geregtigheid sal seëvier!" Hy vroetel na sy selfoon in sy sak en skakel 10111.

"En dan is dit nog die inwoners hier wat neul oor ander se pos wat in hul posbusse beland. Hoe op dees aarde kon dit nou gebeur? Ek ken my werk tog. As hulle dink hulle kan dit beter doen, hoekom doen hulle dit nie? Elke haan kraai mos darem koning op sy eie mishoop. Altyd klagtes, klagtes en nog meer klagtes. Is die mens dan nooit tevrede nie?" mor hy terwyl hy wag dat iemand optel.

Gelukkig het sy heldedaad hom uit die pekel gered weens sy optrede as 'n wetsgehoorsame burger wat net sy deel wou doen vir sy land. Die bende was op heterdaad betrap en daarna toegesluit ...

Maar gerugte het die rondte gedoen dat lede van die huisbraaksindikaat op soek was na die persoon wat hulle verklik het. Hy moes laag lê weens ooglopende redes. Hy kon nêrens heen nie, nie eens werk toe nie. Die ergste van alles was sy kontrak by die poskantoor. Daar was 'n klousule daarin, uitdruklik gestipuleer in rooi sodat niemand dit kon miskyk nie: 'Geen werk, geen vergoeding'. En dan nog die onvoorspelbare, mislike weer ...

"Ek moes net in Hotazel gebly het in plaas daarvan om op 'n trein te spring met slim planne en geen geld – nog minder vir 'n treinkaartjie! Hoe moes ek nou geweet dat daai ticket inspector met sy laatperskegesig my uit die trein gaan smyt in die middel van nêrens?"

Gevolglik strompel 'n verbouereerde Isak in 'n slapende plakkerskamp, en ontvang 'n skreiende verwelkoming van 'n haan se valse oggendkraai.

Hy luister na die reën wat saggies op sy pondokkie se dak val. "Wie sal tog nou glo dit het vroeër so gesous?" fluister hy.

"Wat 'n vermorsing ... oorvloed in die verkeerde plek. Hierdie water sou 'n seëning gewees het vir mense in die Karoo, veral die plaasboere. Dit voel nou liewer soos 'n vervloeking.

Ek wonder wat maak mevrou Cummings? Het sy al vriende gemaak met die ander inwoners van die ouetehuis? Haar eensame bestaan in daai grote ou huis was 'n teiken vir die huisbraaksindikaat in die omgewing." Hy moes iets doen om haar weg te kry daar, voordat iets gebeur. Vandag se skurke het niks ontsag vir ou mense nie ...

Eers moes hy pleit en soebat en voordat hy kon dreig, spring sy hom voor en sê dat sy haar honde gaan loslaat op hom. Dit het baie moeite geverg en selfs die eienaars van die erwe aan weerskante van haar eiendom het kom praat – ongeag die feit dat sy voorheen volstrek geweier het – om tog maar haar eiendom aan hulle te verkoop.

Uiteindelik het sy ingestem, op voorwaarde dat Isak Bruinders verantwoordelikheid aanvaar vir haar honde deur hul in 'n plek van veilige bewaring te plaas waar hul goed versorg sal word.

"Hierdie boots het nog 'n lang pad om te gaan," prewel hy terwyl hy dit blink vryf. "Daar's nie 'n manier hoe dit in 'n vullisblik gaan beland nie, nie as ek dit kan verhelp nie. Wat ook al die rede vir daai skildery van mevrou Cummings: Dit het *niks* met my te doene nie. Die enigste 'blou' van hierdie godgegewe Maandag, is die oop, blou lug; die wonderbaarlike, warme sonstrale wat daaruit skyn en die beste van alles ... ek's nog springlewendig op pad werk toe."

"Isak Bruinders!" skreeu die bestuurder. "Kom sien my in my kantoor ... NOU!"

"Sjoe! Ek't nooit gedink die idioot sal so na my verlang nie," fluister hy.

"Hier's iemand om jou te sien! Roer jou!"

"Ag, hou jou broek aan, man! Ek kom," fluister Isak terwyl hy sleepvoetend op pad is na die slordige kantoor wat pas by die slordige bestuurder. Die ander man, netjies geklee in 'n swart pak, waag dit liewer nie om in die kantoor te sit nie.

"Verskoon ons, asseblief," vra die man en gluur na die bestuurder wat al besig was om 'n derde stoel aan te vra.

"Die naam is Dennis Bluhme," stel hy homself voor aan Isak. "Eksekuteur aangestel deur die gestorwe mevrou Matilda Cummings."

"Wie?" vra Isak verward.

"Waar kruip jy weg, meneer Bruinders? Ek soek nou al 'n geruime tyd na jou."

Dit was die idee, dink Isak. As hy so gesukkel het, het die vervlakste boewe ook hopelik hul soektog afgelas. Ek sê niks nie, nie totdat ek weet wat die man hier soek nie.

"Ek hoop jy't darem nog die skildery ... die een wat sy ..."

"Dit was 'n geskenk!" blaker Isak dit uit. "Vra haar self, as jy my nie wil glo nie."

"'n Baie duur geskenk, meneer Bruinders. Een wat jou deesdae 'n paar miljoen rand in die sak sou bring, sou jy dit wil verkoop. Daar is nogal baie belangstelling op die ..."

"Ek het dit nog. Kom kyk self, man!"

"Toemaar, jy kan dit saambring met al jou besonderhede. Ek volg maar net prosedure. Die belangrikste is om te bevestig dat jy nog die skildery het en dit nie verkoop het nie ... jy weet ... as ons nou jou omstandighede in ag moet neem."

"Ek verstaan nie? Waar is sy ... hoekom ...?"

"Sy is oorlede, meneer Bruinders. Sy is 'n maand gelede al begrawe."

"Maar ... hoekom hoor ek nou eers hiervan? Was sy siek?" Sy oë skiet vol trane. "Ek moes gaan kuier het, ek moes meer ..."

As Isak hom al ooit gesteur het aan wat mense sou dink van 'n man wat huil in die openbaar, maak dit vandag nie saak nie. Hy gee nie 'n flenter om nie. Hy het iemand baie na aan hom verloor. Sy was elke traan werd.

"Sy't 'n seun en dogter gehad," snik hy. "... was enigeen daar ... by haar begrafnis?"

"Sover ek weet ... net haar vriende in die ouetehuis," antwoord die eksekuteur en bied terselfdertyd 'n pakkie Kleenex aan Isak.

"Ek's baie jammer ... dit was rêrig moeilik om jou op te spoor."

"Maar nou hoekom is jy hier, Meneer uh ...?"

"Bluhme," antwoord die eksekuteur. Hy vroetel eers in sy swart aktetas en glip daarna sy besigheidskaartjie in Isak se hand.

"Kom sien my in my kantoor, meneer Bruinders. Jy moes duidelik iets reg gedoen het," fluister hy agterna.

"Askies?"

"Toemaar, ek dink sommer net hardop. Totsiens, meneer Bruinders."

★★★

Vanoggend wou Isak maar net eers hier verby, al is daar niks meer pos vir haar nie, nes haar huis ... klaar gesloop. Die plek wemel van dreunende stootskrapers en doodtevrede kontrakteurs. Sy moes haar besluit geneem het, dink hy. Dit kon seker nie maklik gewees het nie.

"Ek hoop maar jy't vriende gekry in die ouetehuis, antie Matilda," fluister hy. "As ek dan so na my familie verlang, hoe moes jy tog ook nie? Dit wys jou net ... mens kan somtyds alles hê, maar of dit tot jou voordeel gaan wees, is 'n heeltemal anderse saak. Kyk nou maar vir jou, Antie. Ek meen nie sleg nie, maar jy't dan alles gehad, gewetelose kinders en te al."

Hulle kon ure gesels en tee drink terwyl hy stilletjies sit en peins oor Tretchikoff se aangrypende, realistiese uitbeelding van die lewe, *Journey's End*. Hy sou nooit die skildery verkoop het nie, al was hy bewus, 'n geruime tydjie al, dat dit eg is.

Hy druk die skildery styf vas onder sy arm. "Tot wederom, Antie," prewel hy. "Ek moet nou maar gaan. Ek't 'n afspraak met meneer ... er ... wat is sy naam nou weer? O, ja! Bluhme!"

My hart se oë is blou

Helena L. Greyling

Bewerig sak ek in die stoel neer. Ek vroetel met die leerband van my handsak terwyl ek gespanne om my rondkyk. Gaan niemand vir my 'n glas suikerwater bring nie?

Die blondekop agter die toonbank loer onderlangs na my. Toe sy my oog vang, kyk sy vinnig weg.

Met beide hande vryf ek oor my arms. Dit is koud hier binne. Ek raak bewus van oë wat my dophou en kyk op.

Daar is twee omies saam met my in die vertrek. Die een het 'n Hitler-snorretjie nes my pa gehad het. Die ander een 'n hoed, 'n strikdas en 'n kierie.

Ek wens ek het geweet wat hulle dink. Dit is 'n wonderwerk dat ons dit hoegenaamd tot hier gemaak het. Ek druk die leerband van my handsak oor en oor terwyl ek probeer om hul kyke te vermy. Dit kon sóveel erger gewees het ...

Die omies kyk weg toe ek hul blik met myne vasvang.

Dit is alles my suster se skuld.

"Dit is tyd dat jy begin uitgaan, Wilna." het sy geteem. "Jy is al langer as ses maande geskei, Wilna. Die lewe gaan aan, Wilna."

"Mevrou ...?" onderbreek 'n verpleegster met 'n parmantige pers streep in haar swart vlegsel my gedagtegang. Sy kom sit op die stoel langs my. "Mevrou se man het 'n beroerte gehad."

Ek frons. "Dit is nie my man nie," sê ek dringend, my stem 'n oktaaf hoër as normaalweg. Ek skud my kop heen en weer. Uit die hoek van my oog sien ek dat die omies ophou gesels het en na my en Strepie luister. "Martie Brits", lees ek haar naam op die naamplaatjie teen haar skouer. "My suster, ek kuier by my suster ..." verduidelik ek. "Dit was 'n blind date," praat ek verder.

Martie se een wenkbrou lig effens ...

Ek word stil toe iemand na haar roep.

Sy staan op en verdwyn op 'n drafstap in die rigting van die ongevallesaal.

"Sal Mevrou solank die bybetaling doen?" vra die blondekop agter die toonbank.

Ek vroetel in my handsak. My verduideliking het duidelik op dowe ore geval. Hoeveel gaan hierdie ondervinding my uit die sak jaag? Ek staan op en stap na die toonbank.

Martie kom by die saal uitgestap. "Mevrou kan maar saam met my kom."

Ek bêre my bankkaart, knip my beursie toe en probeer nie weer verduidelik dat dié man nie mý man is nie. Ek stap agterna. Talm 'n oomblik in die deur.

Marcelle lê kaalbolyf op die bed naaste aan my. Een ... twee ... drie ... vier ... tel ek die ronde, wit plakkertjies op sy bors. Die dun kabeltjies hang soos 'n spinnerak tussen die hartmasjien en sy borskas. Huiwerig stap ek tot langs sy bed.

Tydsaam maak hy sy oë oop toe ek aan sy arm raak. Vir 'n oomblik lyk dit nie of hy weet wie ek is nie, maak dan weer sy oë toe.

"Hulle dink jy is my man," fluister ek vir hom.

Hy stoot sy tong stadig oor sy lippe. Sy mond is seker droog. Dit lyk asof hy iets vir my wil sê. Ek kyk om my rond.

Martie snap dadelik waarna ek soek en staan vinnig nader.

Marcelle kyk dankbaar na haar voordat hy met my praat. "Wilna, my ma. Jy móét my ma bel."

Kop onderstebo soek ek in my handsak vir 'n pen en papier.

'n Man se hand hou 'n pen na my uit.

Waar kom die man so skielik vandaan? Hy het die mooiste blou oë. "My hart se oë is blou," sê ek vir hom. "Ek meen sy hart is stukkend," beduie ek met die pen in Marcelle se rigting. Ek skud my kop en begin sommer die nommer op my hand neerskryf. Ek het skaars die nommer neergeskryf toe die masjiene wild begin lawaai.

Hy stoot my hardhandig uit die pad uit.

Verskrik tree ek 'n paar treë agteruit.

Toe ek nie verder beweeg nie, stoot hy my onseremonieel by die deur uit.

Ek wring my hande saam en kyk verward om my rond toe hy die deur in my gesig toestoot. Die omies is nog steeds daar. Waarvoor wag hulle? Gaan die man nou regtig doodgaan? Ek sak op die naaste stoel neer. In die kar op pad hierheen het ek nie gedink hy gaan dit maak nie.

"Ek voel nie te hot nie," het hy gesê en skielik die stuurwiel vasgegryp. Sy kneukels was wit toe hy sy kop vooroor buig en op sy hande laat rus.

Ek het hom aan sy arm gegryp. "Kyk waar jy ry!" vir hom geskree.

Hy het sy kop opgelig. "Ek kyk waar ek ry," in my rigting gegrom. Sy voorkop was natgesweet. Sy blonde kuif klam. Sy asemhaling 'n geroggel in sy bors.

Tóé het ek al geweet dat ek nie weer saam met hom sal gaan koffie drink nie.

Martie kom by die ongevallesaal uit na my toe aangestap. "Hulle gaan hom na die harteenheid by St. Georges oorplaas. Wil jy saam met hom in die ambulans ry?"

"Dis oukei. Ek sal sommer stap. Verskoon my, ek moet nog sy ma bel." Ek ignoreer haar frons en staan op en krap in my handsak rond opsoek na my selfoon. Dit is morsdood, sien ek toe ek dit uithaal. "Blerrie hel! Hoe gaan ek nou by die huis kom?" Ek gooi die foon vies terug in my handsak.

"Ons sal jou huis toe neem," praat die een omie vir die eerste keer met my. "Dié ou moet net eers 'n tetanus-inspuiting kry," beduie hy met sy duim na die oom met die snor.

"Ag, vader tog, ek het vergeet! Ek is só jammer," sê die blonde-kop en storm agter die toonbank uit. "'n Hond het die oom gebyt." Sy kry oom Snorre aan die arm beet.

"Waar is die harteenheid?" vra ek vir die oom met die strikdas. "Dan kan ek solank gaan hoor of hulle Marcelle se stukkende hart kan regmaak?"

"Dit is by St. George's Hospitaal. Dit is te ver. Jy kan nie soontoe stap nie."

Ek sug en stap na die toonbank toe. "Mag ek asseblief tog net die man se ma bel?" vra ek vir die blondekop toe sy uiteindelik terug is. Die nommer op my hand is skaars leesbaar. Bewerig druk ek die nommer op die telefoon in en staal myself vir die stortvloed vrae wat ek weet gaan volg. "Tannie Marie ..." vra ek nadat die foon drie keer gelui het, begin dan huiwerig verduidelik wat gebeur het.

Na 'n rukkie se praat, blaas ek my asem hoorbaar uit. Dit was nou 'n interessante tameletjie om te verduidelik. "Sy ma is op pad," sê ek toe oom Snorre by die deur uit hinkepink. "Kan ek asseblief net eers gaan kyk of die man oukei is voordat julle my huis toe neem?" Sonder om te wag vir 'n antwoord begin ek aanstap deur toe.

"Alles in die haak, Menere, ek sal haar neem."

Ek gaan botstil in my spore staan.

"Ek is juis op pad soontoe."

"Loop jy op jou sokkies?" vra ek kamma kwaai.

"Jy het nog my pen," sê hy met 'n skewe glimlag.

Vergeefs

Jyrilde Potgieter

Kan hy dit maak? Hy sal nou op sy maag moet seil, want vorentoe is werklik geen skuiling nie. Buitendien, sy bene kan hom nie meer dra nie. Binne oomblikke is sy elmboë rou. Die bloeiende flenters wat soos willose voorwerpe oor die ruwe oppervlak agter sy moeë liggaam aangesleep word, herken hy amper nie as sy eie voete nie. Op hierdie dorre aardkors is dit altyd windstil en hy weet dat die hangende stofdampe sy posisie in die vaal naglig gaan verklap. Óf hulle gaan hom inhaal, óf hy gaan sterf. Die enigste geluid is die roggeling deur sy stukkende lugpyp.

***

Xo trek twee laaste emmers uit die diepte om die kanne op die wa te vul. Dan maak hy eers die put se deksel sorgvuldig toe voordat hy dit sluit met 'n skuifslot wat hy self ontwerp het en die sleutel daarvan aan sy gordel dra. Hierdie is hul kosbaarste kommoditeit en diegene wat nie reeds ekstra water vir môre gespaar het nie, sal vannag in waterdiewe verander of môre langs die pad sterf. Hy kyk na die son, en besef dat dit binnekort aand sal wees.

"Onz en Hull," sê hy hardop, terwyl hy die waterwa trek. "Dié wat het en dié wat nie het nie. Die groot onreg."

Xo druk sy regtervuis deur die opening by die stadspoort. Die veiligheidskodes dateer steeds sedert die voortyd, toe die twee groepe nog om heerskappy en bronne geveg het. Belaglik, want nou is Onz totaal afhanklik van Hull se aalmoese. Mense hier lééf nie werklik nie, hulle voer net 'n bestaan.

Sy kenteken word nagegaan en die hek gaan oop. Hy trek die wa tot by die stadsplein en die volgende persoon neem die skof by hom oor. Elke inwoner het 'n taak. Geen werk beteken geen rantsoene. Xo stap in die smal stegie huis toe. Hier hoor jy nie kleintjies lag of mense grappies maak nie, dink hy. Hier is selde kinders, net siektes, wanhoop en swaarkry.

Za maak die voordeur oop. Sy glimlag vir Xo, dankbaar vir hul goeie gesondheid en verhouding te midde van hierdie tipe lewenswyse waarin hulle hulself bevind. Hulle eet hulle karige en oninteressante knol-aandete voordat hulle gaan slaap.

"My pa het my soveel van die ou wêreld vertel," sê Za toe hulle lê en gesels. Daar was haat en hebsug, oorloë en vooroordeel, maar daar was tóg ook mooi. Plante en bome. 'n Groen wêreld waarin mense vrugte en groente kon verbou en eet. Daar was diere – wild en mak – musiek en kuns. Nou wentel alles om oorlewing wat deur twee faktore bepaal word – 'n kunsmatige dieet van knolle en die terugtel van jare."

"Ja, ek het Qu natuurlik nooit geken nie, net van sy menswees en kennis by jou en jou broer, Ci, gehoor. Hy is gelukkig dat hy gekies is om in Hull te woon. Toe het mense nog ouer geword en is hulle baie later geoes," probeer Xo haar troos.

"Hmm, daarom probeer ons hier so natuurlik as moontlik te leef en te sterf. Sy lewe en gesondheid het ons reeds aangespoor om nie inentings te kry nie."

"Juis, maar ons praat liewer nie nou daaroor nie. Is jou duiseligheid al beter?"

"Ja, ek voel vandag weer mens, dankie."

Za voel hoe die spanning uit Xo se lyf vloei toe hy aan die slaap raak. Sy is kriewelrig vanaand omdat sy vandag alweer olik gevoel het, maar sy wou hom nie ontstel nie. Het hulle 'n fout met haar jaartal gemaak? Is sy al besig om siek te word?

Vir solank as wat die sukkelaars kon onthou, was dit hul leefwyse. Onz onder en Hull bo-op die magtige berg, met 'n skag wat die twee wêrelde verbind. Die patete met hul basiese kos en beperkte lewens leef soos vullisrapers hieronder en die elite leef tot hoë ouderdomme in ongekende weelde daarbo.

Hull beheer Onz. Die haglike omstandighede hieronder sou almal seker nog vroeër afgemaai het, maar een keer per jaar kom Hull en ent almal in. Dit help sommige van die broses om gesonder te wees, maar daar is geen lewensverwagting bo 50 nie. Boonop kies hulle die gesondste en sterkste 20-jarige jongmense om vir die res van hul bestaan op Hull te woon. Waarom, weet niemand nie. Dis hierdie geluk wat Qu ook jare gelede te beurt geval het.

Za was nie veel ouer as wat Ci nou is, toe Qu weg is nie. Xo het haar sorgsaamheid teenoor haar boetie raakgesien en hulle twee begin ondersteun. Sy verhouding met haar het in 'n gesinsopset verander en hulle drie het saam 'n eed afgelê om nooit ingeënt te word nie. Eerder 'n vroeë dood sterf as om in sulke armoedige toestande 'n moontlike ouderdom van 50 jaar op hierdie uit-geroeide planeet te probeer bereik.

Vir 'n jaar al beplan Xo en Za elke moontlike uitkoms van Ent-en-Oes sodat hulle Ci in daardie skag kan kry. Een van hulle verdien 'n geleentheid op 'n behoorlike lewe saam met Qu, en Ci as die jongste, het die beste kans. Die grootste uitdaging is egter om dit ongesiens te laat gebeur as hy nie 'n gekose kandidaat is nie!

Die dag breek aan soos enige ander: Versengende hitte op 'n ver-skroeide aarde. Onz se mense begin vroeg aanstap berg toe waar 'n tydelike lafenis onder die afdakke van Hull tydens Ent-en-Oes hulle inwag. Xo, Za en Ci stap ook, maar elkeen met 'n ander sending. Op pad na die berg toe begin baie mense inmekaarsak. Hulle het nie water gespaar nie en te min voorsiening vir hierdie tog gemaak. Baie sal vandag nog sterf, sommige van hulle baie jonger as 50, maar dit is die lewe op Onz. Niemand bevraagteken dit meer nie.

Za neem halfpad die sleutel en emmer wat Xo dra en stap in die rigting van die put. Hier gaan sy skuil totdat dit veilig is om terug te keer stad toe en niemand sal weet dat sy nie moes deel wees van die wat ingeënt moes word nie. Sy is weer duiselig. Is dit die begin van Onz se vloek? Xo en Ci stap woordeloos voort as deel van die aantog, soos hulle drie dit beplan het.

Jongmense met blink oë wat onder 20 jaar oud is, staan reeds in 'n bondel in 'n afgebakende gebied. Ci sluit by hul aan. Die res van die bevolking val in vier lang rye – hulle oë is dof. Hulle wonder hoeveel van die 50 sinnelose jare van bestaan op Onz nog vir hul beskore is.

Hull-offisiere met blink uniforms laat jongmense in hul troostelose voëlverskrikker flenters aantree. Xo skuil tussen die leë entstofkratte. Hier moet hy sit totdat die uitverkorenes verbykom en families mekaar groet. As Ci dit nie gemaak het nie, sal Xo een van die jongmense tydens die vreugde en afskeid moet weglok, sodat Ci daardie plek kan inneem. Xo speel met die koord in sy hande. Hy het nog nooit 'n lewe geneem nie en sien sy hande bewe. Einddoel. Konsentreer op die einddoel.

Die geloei van die sirene kondig die begin van die Oes aan, maar vir die meeste mense van Onz is dit nie meer 'n besienswaardigheid nie. Soos robotte staan hulle gedwee in hulle rye. Hulle dowwe oë kyk af na hul voete terwyl hulle wag om ingeënt te word. Aan die ander kant word jongmense in die fleur van hul lewens se spoed, balans en uithouvermoë getoets. Daarna hul intellektuele vermoëns deur 'n verdere reeks toetse en laastens hoe hulle reageer waar medemenslikheid en emosies betrokke is. Hierdie afdeling kon Xo nog nooit verstaan nie. Hoekom sou hulle daarvoor toets? Waarom sou gevoelens in Hull so belangrik wees?

Ci en 'n meisie loop van die begin af los voor. Xo ervaar trots oor hierdie straatkind wat syne geword het en vir wie hy bereid is om te moor. Hoe vreemd is die lewe nie, of is dit hierdie planeet se omstandighede wat met sy kop smokkel? Hy verskuif sy posisie. Sy lyf is seer gesit. Dit is warm en benoud en hy is vreeslik dors. Hy merk dat meer as die helfte van die mense klaar ingeënt is en sommige al teruggestap het na Onz.

Die sirene skel weer. Die 20 name word aangekondig. Ci was suksesvol! Ongemerk seil Xo agter die kratte uit en word deel van die mengelmoes mense. Hy kry Ci van agter af beet.

"Ek kan nie sê hoe dankbaar ek is dat jy gekies is nie. Jou pa gaan so bly wees om jou te sien!" sê Xo.

"Dankie, Xo, vir alles. Dat jy my geleer het om in myself te glo en dat jy my en Za ingeneem het. Ek al dit nooit vergeet nie. My pa sal alles van jou hoor daarbo. Sonder jou sou ek nooit die moed en deursettingsvermoë gehad het om te probeer nie."

Xo kry Za waar sy tuis lê.

"Voel jy weer siek?" vra hy besorg.

"Nee, ek is swanger," sê sy doodkalm.

Xo weet nie hoe om te reageer nie. Blydskap met 'n verskriklike verantwoordelikheid. Hulle sal nou ingeënt móét word!

"Hoe weet jy?"

"Die ou vrou uit die voortyd wat daar onder in die kelder woon, het 'n toets gedoen toe ek van die put gekom het. Dis waarom ek naar en duiselig word. Dink net, ons twee as ouers en Ci 'n oom!"

"Hulle hou altyd vir die jongmense 'n fees voordat hulle in die skag opgeneem word. Ek sal 'n manier vind om by hom uit te kom en hom vanaand gaan vertel. Hy moet dit weet."

★★

Die grot waarin die skag eindig, is karig belig. Niemand van Onz kom hier nie. Vir meer as 360 dae van die jaar is dit in elk geval verlate. Uit die grot loop 'n gang waar die joligheid ver vorentoe opklink. Teen die klam mure is swak ligbronne aangebring. Xo weet nie watter tipe tegnologie Hull hiervoor aanwend nie, want op Onz brand hulle nog fakkels en kerse. Enkele tonnels lei na kleiner grotte.

Behoedsaam sluip hy vorentoe. Sy gedagtes is 'n warboel. Wat sê hy as hy ontdek word? Die waarheid, dink hy. Hy sal sy goeie nuus vertel en verduidelik dat Ci ook moet weet! Stemme vorentoe laat hom soos 'n geitjie teen 'n rotswand vorentoe kruip.

"En hoe lank dink jy sal ons kan voortgaan met hierdie meesterplan van julle wyse here?" vra 'n jong man, sy stemtoon parmantig-sarkasties, alhoewel Ci kan hoor dat hy geskok is oor iets.

"Dít kan niemand bepaal nie," antwoord 'n ou man met 'n moeë, krakerige stem. "Maar totdat hierdie vreeslike waarheid blootgelê word, is dít ons oorlewing en ons voortbestaan."

"Wil julle vir my sê dat niemand van Onz bewus is dat hulle jaarliks met 'n dodelike dosis ingeënt word wat hulle stelselmatig aftakel en laat sterf op die ouderdom van 50 nie?" Die jong man klink werklik ontsteld.

'n Ander ouer stem praat nou. "Moenie so neerhalend en beterweterig vanuit jou morele kasteeltjie klink nie. Hierdie is nou wel nuwe inligting wat ons so pas met jou gedeel het, maar waar sou jy wees sonder Onz as twee van die uitverkore jongmense nie vir jou ook kinders kon produseer het nie, hmm?"

"Ja, ons hou getalle laag op Onz, maar ons steriele inwoners van Hull gee sommige babas 'n kans op 'n wonderlike toekoms van oorvloed." 'n Sagte vrouestem is nou ook deel van die gesprek.

Die jong man se stem raak al skriller: "Eers vermoor ons die werklike ouers van ons babas in Hull en nou hoor ek ons is ook massamoordenaars van almal in Onz?"

"Alles is tog nie net boos nie," probeer die ou man met die kraakstem weer.

Xo weet hy moet vlug, maar hy is nou 'n versteende geitjie teen die muur. Vir 'n paar sekondes hou hy op met asemhaal. Dit voel of sy bloed soos die slap knolpap wat hul stapelvoedsel is, deur sy liggaam tot oor sy voete op die koue rotsvloer vloei. Qu is dus jare al dood, 'n saadbank, soos sy seun eersdaags sal wees. Natuurlik, dis waarom emosies getoets word tydens Ent-en-Oes, om goeie ouerskap te bepaal! Za, Ci en Xo is blakend gesond juis omdat hulle nie ingeënt is nie. Za mag nooit ingeënt word nie, want hul baba mag nie van die gif inkry nie!

Xo neem 'n paar skuifelpassies agteruit en sy skouer tref 'n ligbron met 'n kletterslag. Dan begin hy hardloop. Hy hoor iemand skree en besef dat iemand hom tog gehoor het. Dalk kan hy tóg suksesvol wees, want hy ken die uitgetrapte paadjies en dongas beter as hulle. Hy móét sy lewensbelangrike waarskuwingsnuus aan die mense van Onz gaan vertel.

Sy liggaam word so verras deur hierdie vreemde gevoel dat die impuls 'n rukkie neem om dit as intensiewe pyn te registreer. Die voorwerp waarmee hy geskiet is, het sy nek getref. Xo het nog nooit sulke ondraaglike pyn ervaar nie en om aan te hou beweeg, is amper onmoontlik. Die kapsule in sy strot laat dit voel asof sy keel besig is om inmekaar te smelt. Hy val hande-viervoet neer. Sy onderlyf word willoos en dom deur sy lam arms voortgesleep.

Ek is so naby aan die stadspoort, as ek skree, sal Onz se inwoners my hoor, maar dalk Hull se agtervolgers ook, dink hy. Xo lê agter 'n rots en probeer asemhaal. Die stof wat met elke asemteug direk in sy rou nekwond gaan, bemoeilik sy asemhaling. Dan verbeel hy hom dat die stadspoort oopgaan. Iemand moes tog iets gehoor het ...

Hy dwing homself regop. Die versnipperde lap-en-vleis-mens waai pateties. Waarom hy oombliklik soos 'n meteoriet op die aarde neerval, kan sy brein nie meer verwerk nie. Bloot omdat dit die volgende geluidlose koeël wat sy liggaam laat oopbars, nie meer kon voel nie.

En tog, iewers diep binne-in sy sentrale menswees, is daar 'n laaste wanhopige besef: vergeefs.

Die wat agterbly

Chantel Venter

Dis winter in Potchefstroom. 'n Noordelike windvlaag blaas sy koue asem oor die kampus uit. Kaal akkerbome buig en wieg terneergedruk rond, amper asof hulle ween oor die studente se vertrek.

Vanaf sy kamervenster op die sewende vloer van De Jonge Heer-manskoshuis, hou Charlie die skouspel dop.

"En?" por Hendrik wat met sy rug teen Charlie se kas staan, 'n Black Label in sy hand.

"Nee wat," antwoord Charlie. "Hoekom sou ek bang wees? Dis mos nie die eerste keer wat ek rugby oefen oor 'n Julie-vakansie nie."

Hendrik fluit liggies deur sy tande. "Ja, maar noudat Bees en Harris uit die koshuis is, beteken dit jy's alleen, Pappie, *alleen!*"

Charlie dink vir 'n oomblik na en trek dan sy skouers op. "Is nie man, daar's daai eerstejaar op vloer vier, Diaz. En jy vergeet van oom Willem."

Hendrik snorklag. "Oom Willem? Jy is nie ernstig nie."

Charlie sug en gaan sit voor sy lessenaar. Hy weet wat kom.

Hendrik steek sy pinkie in die lug en begin aftel: "Nommer een, die uncle bly agter die koshuis, te ver om enige van jou gille te hoor. Nommer twee, hy is practically al 'n honderd jaar oud, en drie, dude, dis oom Willem! Die ou lyk soos 'n psycho in daai maroen overall. Flippen weird." Hendrik vertrek sy skouers soos hy gril.

"Wie's bang?" sê Charlie, verlig dat Hendrik nie sy gedagtes kan lees nie.

"Hulle sê," Hendrik leun effens vorentoe. "In die sewentigs was daar 'n reeksmoordenaar wat sewe meisies vermoor het, een op elke vloer van hierdie koshuis. En toe spook die girls so erg by hom dat hy selfmoord gepleeg het. Hulle het sy lyk in een van die storte gekry. True story."

"Ag, nonsens man!" jou Charlie hom uit. "Elke manskoshuis op die PUK vertel daai storie."

Hendrik sluk die laaste van sy bier weg en frommel die blikkie sonder moeite in sy hand. "Whatever, dude, dit kan net sowel hier gewees het." Met sy wenkbroue gelig las hy by: "Dink bietjie daaroor as jy vanaand alleen hier lê en slapies ..."

★★★

Die warm water wat teen Charlie se rug val masseer sy seer spiere. Hy stort ekstra lank.

Wanneer hy uiteindelik die krane toedraai, is die badkamer bedek onder 'n laag stoom. Met sy handdoek om sy onderlyf loop hy soek-soek tot by die wasbak. Voor die spieël stop hy skielik en frons. 'n Oneindigheidsteken is in die wasem op die spieël getrek.

"Ha-ha, goeie een!" roep hy uit. Hy weet Hendrik moes die eerstejaar gevra het om sy been te trek. "Baie snaaks."

Hy vee sy hand deur die teken en borsel sy tande met meer haas as gewoonlik. Wanneer hy sy mond uitspoel en opkyk, is die teken terug.

Charlie drafstap na sy kamer, sluit die deur en trek haastig aan.

'n Rumoer buite trek sy aandag. Hy hoor 'n kar wat oor die gruis aangejaag kom en skielik stilhou sodat die bande oor die klippies skuur. Die kar vrek, maar word dadelik weer aan die gang gekry terwyl die petrol hard getrap word.

Charlie loer tussen sy blinders deur. Sewe vloere ondertoe maak die eerstejaar sy ligblou City Golf se deur oop. Hy is nog in sy pajamas met een voet in 'n donkergrys stokie en die ander in slegs 'n kous.

Hy kyk hoe Diaz in die koshuis inhardloop en 'n minuut of twee later 'n armvol klere op die passasiersitplek gooi asof hy 'n rugbybal aangee. Daarna spring hy in die kar en jaag weg. 'n Baksteenrooi koshuisdas word in die proses in die deur vasgeknyp en wapper parmantig agterna, amper asof dit vir hom tong uitsteek.

Hy wonder hoekom Diaz so haastig is om van die koshuis af weg te kom.

Skielik merk Charlie oom Willem in die roostuin op. Hy staar in Charlie se rigting en vryf aan 'n roosknop. Charlie skrik en laat die blinder val. Wanneer hy weer uitloer, is die man weg.

Net die stoeplig brand by die koshuis toe Charlie die aand effens aangeklam by die koshuis aankom. Hy het na oefening saam van sy spanlede iets gaan eet en 'n paar biere gedrink.

Hy vroetel sy studentekaart in sy broeksak uit en glip deur die draaihek. Die geluid van die staal wat draai en skielik stop is oorverdowend in die stilte van die nag. Charlie vryf oor sy boarms en wens meteens dat hy 'n wyndrinker soos sy Kaapse vriende was, want dan sou hy dalk nou té dronk gewees het om bang te kon wees.

Sal hy die trappe vat of die hysbak? Hy oorweeg die twee opsies vir 'n oomblik en mik eerder vir die trappe.

Nes hy beide sy voete op vloer twee sit, maak die hysbakdeure oop. Charlie versteen. "Pure toeval," fluister hy vir homself en klim die volgende stel met 'n gevoel van dringendheid uit.

Op die derde vloer gebeur dieselfde ding. Hy word skielik yskoud. Asof die bisarre situasie hom gevange hou. Niemand kon tog die knoppies gedruk het nie? En dan sien hy dit: Roosblare bedek die hysbakvloer en teen die spieël is 'n oneindigheidsteken in bloedrooi lipstiffie geteken. Eers nadat die deure toegaan en donkerte hom omvou, kry Charlie die gevoel in sy bene terug en hardloop hy al die trappe tot by sy vloer drie-drie uit.

"Dis net jou verbeelding, dis net jou verbeelding," herhaal hy hardop en sluit die kamerdeur agter hom.

Hy skrik toe sy foon 'n biepgeluid maak. 'n WhatsApp-boodskap van Hendrik: *Lewe jy nog? LOL. Ek't vanaand Belinda in News Café raakgeloop. Sy intern by die Beeld die vakansie en gaan bietjie vir my in die archives grou. Vir eens en vir altyd sal ons weet watter koshuis se spook dit regtig is.*

Skielik kom nog 'n boodskap deur. *PS: Jy gehoor van die damesstudent wat weg is? Jessica of iemand. Glo moes sy al 'n week gelede by die huis gewees het. Facebook is vrot van die storie.*

Charlie antwoord nie die boodskap nie. Hy slaap die aand met die ligte aan en die Bybel oop op sy bors.

★ ★ ★

Dit is al skemer toe Charlie 'n paar dae later die trappe voor die koshuis oploop. Hy't 'n paar nagte op die Gouws-boeties se bank oornag.

Daar brand geen lig nie. In die voorportaal druk hy al die gangligte van vloer een aan. Niks gebeur nie. Kan dit beurtkrag wees? wonder hy.

Charlie kyk terug deur die voordeur, straat se kant toe. Daardie ligte is tog aan.

Haastig hardloop hy die trappe uit tot in sy kamer. Hy kyk nie om hom rond nie en fokus net op die geluid van sy voetval oor die vloer en die rugsak op sy rug met sy wegneemete wat daarin rondskommel.

In sy kamer kry hy sy selfoon uit en sien dat hy 'n oproep van Hendrik gemis het. Daar is ook 'n paar WhatsApp-boodskappe van hom, maar hy kan nie nou daaraan aandag gee nie, want hy moet eers oom Willem se nommer soek om die probleem met die elektrisiteit aan te meld. Wie weet hoe lank dit al af is, en hy het wors in die vrieskas! Hy kry die nommer onder 'Willem Fourie (Koshuisopsigter)' en bel. Dit lui net.

Daarna bel hy vir Hendrik terug wat hom onnodig lank besig hou met sy manewales saam een of ander meisie voor hy tot die punt kom.

"Ek't nuus," sê Hendrik. "So, Belinda het in die argief gegrawe en jy sal nie glo wat sy gekry het nie."

"Verras my," sê Charlie met meer kalmte as wat hy voel.

"'n Baie klein, halfversteekde artikel uit 1975 oor die selfmoord van 'n eerstejaar in een van die koshuise op die PUK. Nou dit sê ongelukkig nie watter koshuis nie, maar dit noem die ou se naam. 'n Pieter Malherbe. Glo 'n Kapenaar. Van Robertson."

"So, dit sê net mooi niks."

"Ek's nie klaar nie, dude, gee kans." Hendrik klik sy tong. "Nou die artikel gee nie baie detail nie, maar dit noem dat sy lyk in die badkamer gekry is, en dat hulle in die ondersoek afgekom het op goed in sy koshuiskamer wat hom verbind het met die verdwyning van sewe meisies."

"Is dit dit?" vra Charlie effens oorbluf. Hy't veel meer verwag.

"Wat bedoel jy is dit al? Dis huge! Dit beteken die stories is waar."

Twee ure later is die krag steeds af.

Charlie haal diep asem, gryp sy flits en maak sy kamerdeur oop. Hy sal self moet gaan kyk wat aangaan.

Sy flits gooi 'n dowwe, geel sirkel op die vloer van die gang. Hoekom sou dit wees? wonder Charlie. 'n Geluid trek sy aandag. Reën dit? Nee, dis stortwater wat so klink. En dan dring die besef tot hom deur: Die hele vloer is toe onder stoom ...

"Oom Willem?" roep Charlie by die opsigter se klein woonstel agter die tennisbane. Hy sluk senuweeagtig en klop hard aan die deur. Dit is nie op knik nie en skuif effens oop.

"Oom?" roep hy weer, vat 'n tree in die vertrek in en lig rond. 'n Klein televisie en 'n leunstoel staan in die regterhoek en daar is 'n lessenaar in die middel teen die muur. Dis al.

Charlie stap in en lig oor die lessenaar. 'n Groepfoto trek sy aandag en hy stap nader. Bo-op staan 'De Jonge Heer 1975'. Deels uit nuuskierigheid, en deels oor hy Hendrik verkeerd wil bewys, tel Charlie die foto op, skyn die flits se lig daarop en lees die name onderaan die foto. Wragtig, daar staan dit! 'Pieter Malherbe'. Maar dit is die naam langsaan wat hom meer ontstel en sy bors skielik laat toetrek: 'Willem Fourie'.

Charlie se hart klop onstuimig. Hy besluit net daar om vir die res van die vakansie by die Gouws-broers in te trek. Nes hy by die deur wil uitstap, hoor hy 'n sagte geluid agter hom. Hy flits rond. Weer hoor hy dit. 'Doef'. Dit klink of dit van die kas kom. Hy stap nader en maak die deur stadig oop.

Verskrik staar Charlie na die beeld voor hom. Tussen 'n paar stewels, pantoffels en 'n sambreel, lê 'n meisie, vasgebind met haar mond toegeplak. Hy hurk en trek stadig die kleefband van haar lippe af.

"Vinnig, maak my los! Hy gaan nou terug wees!" gil sy histeries. Nes Charlie haar hande los het, gaan die deur agter hulle oop.

"Ah, Charlie-boy, sê oom Willem. "Jy's net betyds."

Dit is asof al die jare se bloed en sweet op die rugbyveld Charlie voorberei het vir dié oomblik. Hy dink nie twee keer nie en storm op die man af en duik hom onderstebo. Beide van hulle is 'n oogwink op die sitkamervloer. Die graaf wat in oom Willem se hande was kom hard te lande. Beide van hulle spartel daarvoor. Charlie gryp dit eerste en gaan sit bo-op oom Willem se bors. Hy hou die graaf dreigend bo die man se kop. Tot sy skok sien hy 'n breë glimlag op sy gesig voordat hy sy bewussyn verloor.

Charlie kom by. Hy voel snaaks. Anders. Hy kyk om hom rond. Langs hom lê oom Willem roerloos. "Is hy ..."

"Nee, ek't hom net 'n harde hou teen die kop gegee," sê die meisie histeries en sit die graaf teen die muur neer. Dit val om en hulle beide skrik.

"Is jy oukei?" wil sy by Charlie weet en steek 'n bewende hand uit om hom op te help.

"Ek dink so," sê hy en vee die spoeg op sy ken met sy hemp se kraag af en vat haar hand. Sy't 'n tatoeëermerk op haar pols, merk hy op.

"Wat het gebeur?"

Sy trek haar skouers op. "'n Epileptiese aanval?"

Jare van doodvat en getakel word op die rugbyveld moet seker een of ander tyd sy tol eis, dink hy, maar sy oë verlaat nie haar pols nie. Dis 'n oneindigheidsteken.

"Ek't sy hande en voete vasgebind, maar ons moet die polisie bel. Kan jy?" vra sy terwyl sy op die bank sit en senuagtig aan haar duimnael kou.

"Ja, natuurlik," antwoord hy en haal sy foon uit sy broek se sak, maar al waaraan hy kan dink is die swart tekentjie op haar pols ...

***

"So sien nog 'n vakansie sy gat," sê Hendrik en vou die koerant voor hulle oop. 'n Foto van Jessica is op bladsy drie van *Beeld Naweek* met die opskrif: 'Student steeds vermis'. "Shame, ek kan nie glo hulle kry nie die chick ... chips!" onderbreek Hendrik homself. "Moenie nou kyk nie, maar daar loop oom Willem. Ek weet regtig nie hoe jy 'n hele vakansie alleen saam hom kon uithou nie. Altyd in die overall. Ek verstaan dit nie." Hy vat 'n sluk van sy bier en lek die skuim van sy bolip af. "Het jy gesien hy het 'n nuwe roosboompie geplant?"

Charlie luister nie meer na hom nie. Sy aandag is by die meisie by die tafel oorkant. Hy staar na die hand wat haar kuif agter haar oor insteek. As haar bloedrooi mond lag, lag haar kop saam en dan ontsnap die hare weer. Die kat-en-muis spel van die hand en hare fassineer hom. Sý fassineer hom ...

Hy vat 'n diep teug van sy KWV-pinotage, rol die granaatrooi vloeistof op sy tong en sluk dit af.

"Van wanneer af drink jy wyn?" vra Hendrik.

Getrou aan my

Madeleen Theron

Haar oë volg sy lang, lenige liggaam tot dit om die hoek verdwyn. Jy is verloof, herinner sy haarself, maar sy voel hoe haar liggaam haar verraai. Sy sluit haar oë en blaas haar asem stadig uit.

"Mevrou."

Sy maak asof sy nie hoor nie.

"Mevrou!"

Sy maak haar oë oop. Dis hy!

"Dit is *Mejuffrou*."

Sy blou oë speel met haar. Hy buk stadig oor haar sonstoel. Die spiere rippel op sy bors. Hy sit haar sonhoed op haar kop. Sy haal dieper asem. Hy gebruik Brut ... sy hou daarvan.

"Die son is skerp vandag," sê hy.

"Dankie." Flouerig.

"Ek is Ben."

"Ek is verloof."

Hy lag en sy bloos.

"Ek bedoel ..."

"Toemaar, jy hoef nie verskoning te maak nie."

Sy oë terg weer. "Wil jy een of ander tyd gaan koffie drink?"

"Nee."

"Nee, jy wil nie, of nee, jy kan nie?"

"Al twee."

Hy staan op. "Dan het ek my seker verbeel, ek is jammer."

"Wag!" keer sy. "Hoekom koffie, dis so outyds."

Hy kry nie kans om te antwoord nie. Sonja se verloofde kom aangestap met twee kersiepienk mengeldrankies.

"Hallo, liefie!" roep sy vrolik. "Ontmoet Ben. Ben, dit is Pieter, my verloofde."

Ben hou sy regterhand uit, maar Pieter se hande is vol.

"Aangenaam," mompel Pieter sonder om op te kyk.

"Dan loop ek maar," sê Ben effens verleë. "Ek wou net seker maak jy ... e... doen nie sonbrand op nie. Jou vel is baie lig."

Haar oë kyk die keer anderpad wanneer hy op sy gemak wegdrentel.

"Wat is die kêrel se probleem, Sonja? Het hy jou gepla?"

"Nee ... hy het my hoed aangegee. Die son is skerp."

"Kom ons gaan dans vanaand. Net ek en jy," sê Pieter. "Ons los die oumense by die woonstel vir 'n slag." Pieter grinnik soos 'n skoolseun wat op die punt is om iets stouts aan te vang.

★★★

Sonja se oë dwaal oor die skare dansers. Sy is verlig dat dit vir 'n verandering net sy en Pieter is. Dis nie maklik om saam met sy ouers op vakansie te wees nie.

"Hallo, pragtige *Mejuffrou*."

Sonja se bloed suis in haar ore. "Ben! Wat maak jy hier?"

"Ek kan dieselfde vra."

"Ek's hier saam met Pieter."

"Ek sien, ja!"

Pieter is besig om deur die skare te beur met vier drankies in sy hande. Bloues die keer. Sonja wonder oor haar verloofde se skielike voorliefde vir gekleurde mengeldrankies.

"Vier drankies, Pieter? Ons moet stadig, die aand is nog lank."

Pieter knik sy kop in Ben se rigting.

"Hallo," sê Ben en lig sy hand in 'n groet.

"Sonja, my ouers het gebel. Hulle het besluit om ook te kom dans. Hulle is reeds op pad. Ek het solank vir hulle ook iets gekry om te drink."

"Pieter! Jy het gesê dis net ek en jy vanaand!"

Voor sy haar teleurstelling voor Pieter se voete kan neergooi, gryp Ben haar hand vas.

"Dans met my, skone dame."

Ben hou haar te styf vas, maar sy gee nie om nie. Haar gedagtes sukkel om los te kom van Pieter. Hy tree die afgelope tyd snaaks op ...

Ben is 'n uitstekende danser. Sy regterhand streel vir 'n oomblik oor haar rug en sy beweeg instinktief weg van hom af.

"Moenie, Ben." Hy maak iets in haar wakker wat sy nie wil erken nie.

"Jammer." Hy hou haar ligter vas.

Sonja se oë is op die dansvloer. Pieter en sy ma het nog altyd goed oor die weg gekom. Kyk net hoe dans hulle, mens sou sweer die twee is verloof!

"Waar's die outoppie?"

"Moet asseblief nie so van Pieter se pa praat nie. Hy is by die kroeg."

"Kom saam met my," fluister Ben in haar nek.

Sonja voel hoe haar temperatuur met tien grade styg. Sy kyk weer in die rigting van Pieter en sy ma, wat intussen die middelpunt van belangstelling op die dansvloer geword het. Sy knik.

"Let's go."

Sonja protesteer nie toe Ben haar op die strand in sy arms neem en soen nie. Sy ontspan teen hom en kreun saggies, Pieter en sy ouers vergete. Ben hou haar vir 'n oomblik op armlengte.

"Ons kan ophou."

"Nee," sê sy en trek hom nader. "Soen my."

★★★

"Sonja, ek het orals na jou gesoek! Waar was jy?"

"Pieter! E... slaap jou ouers al? Ek het bietjie op die strand gaan stap. Jammer ek's so laat." Sy maak die strandhuis se deur saggies agter haar toe.

"Kom sit by my. Ek wil net gou die nuus kyk, dan kan ons gesels."

"Ek's moeg. Kan ons môreoggend praat?"

Met Pieter se ouers saam met vakansie kry hulle min tyd vir mekaar, maar sy sien nie nou kans om hom in die oë te kyk nie ... sy het tyd nodig om te dink.

Die volgende oggend is Sonja vroeg langs die swembad, haar oë soekend na Ben se lang, lenige lyf.

"Môre, liefie. Kan ek by jou sit?" Pieter se ma is uitgevat in 'n kersierooi sonrok en 'n reuse wit sonhoed en sonbril. Die tannie lyk goed vir haar ouderdom.

Nee, nie nou nie!

"Sit maar, tannie Petra. Slaap die oom nog?"

"Nee. Hy en Pieter is vroeg vanoggend dorp toe."

"O."

"Pieter sê vir my julle het nog nie op 'n troudatum besluit nie."

"Nee, nog nie, Tannie. Daar is baie tyd."

"Jy weet, toe ek en die oom jonk was ..."

Sonja spring op.

"Verskoon my, tannie Petra. Ek het iets by die woonstel ver-geet." Sy sien nie nou kans vir 'n lesing nie en Ben kan enige tyd sy opwagting maak.

"Hokaai!"

Sonja steier agteruit. Ben gryp haar vas voordat sy haar balans verloor.

"Sonja! Wat is fout?"

"Ek ... e... waar was jy?"

"In die dorp."

"O, Pieter en sy pa ook."

"Ek het hulle daar raakgeloop. Ek het iets om jou te vertel."

"Nou?"

"Ja. Dit kan nie wag nie."

"Sonja!" Dit is Pieter se stem.

"Ontmoet my later op die strand, twee-uur, by dieselfde plek waar ons gisteraand was." Daar is 'n dringendheid in Ben se stem. Sy knik instemmend.

Sonja hoor die res van die dag niks wat iemand sê nie. Sy kyk weer na haar horlosie.

"Ek gaan 'n entjie stap," kondig sy net voor twee aan.

"Wag, ek stap saam," sê Pieter en spring op.

"Nee! Ek bedoel, ek wil graag alleen gaan stap."

"Nonsens," sê Pieter oorvriendelik. "Ek stap graag saam met my verloofde."

Sonja hoop dat Ben hom sal skaars hou wanneer hy sien Pieter is by haar.

"Ben! Net die man wat ek soek. Wag vir ons!" sê Pieter en slaan oor in 'n drafstap om Ben in te haal.

Sonja kners op haar tande.

"Sonja," sê Pieter toe sy by hulle aansluit. "Laat ek jou voorstel. Ontmoet Gerhard, 'n ou skoolvriend van my."

"Ekskúús?" Sonja is skielik bewus van die koel briesie wat aan haar hare pluk en die branders wat hard teen die rotse slaan.

"Ek moes seker maak van jou getrouheid," sê Pieter selfvoldaan. "Onder alle omstandighede."

Sonja hoor nie wat hy verder sê nie. Sy weet al vir 'n lang ruk dat sy nie meer met hom wil trou nie. Haar oë rus seer op die persoon wat 'n paar ure gelede haar hart in sy groot hande vasgehou het.

"Ben ... uhm ... Gerhard, is dit waar?"

"Ek's jammer, Sonja."

Sy draai haar rug op hom en stap weg.

"Sonja!"

Gerhard volg haar. "Sonja, wag," roep hy.

Sy ignoreer hom.

"Asseblief! Ek is jammer. Ek het ingestem omdat hy my vriend is, maar dit was voor ek die waarheid geweet het ... en voor ek jou ontmoet het."

Sonja draai om. "Níks gaan dinge nou meer kan regmaak nie. 'n Leuen is 'n leuen. Dis meer as 'n leuen … dis verraad. Ons is al twee skuldig."

"Laat my toe om te verduidelik. Dit is nie die hele storie nie."

"Nee, Gerhard. Ons sal mekaar nóóit kan vertrou nie. Kan jy dit nie insien nie?'

"Ek was 'n swaap, Sonja. Ek het nie woorde om te beskryf hoe ek oor jou voel nie, maar daar is meer as net ek en jy. Ek moet jou vertel …"

"Nee! Ek wil niks verder hoor nie," sê Sonja en stap weg.

★★★

"Moet ek volmaak, Madame?"

Sonja hoor nie dadelik nie. Haar blik rus verlangend op die Du Toitskloofberge. Hoe sal dit voel om tot op die hoogste piek te klim en af te kyk oor die Breederiviervallei?

"Madame?"

"Ja, dankie, maar nie oorvol nie, Jonas. As die pomp stop, is die tenk vol. *Wat de hel!*"

"Skies, Madame?"

"Nee, nie jy nie, Jonas."

Sonja se oë volg die twee jongmense wat hand aan hand verby haar motor stap. Dis Pieter. Pieter en Nadine, haar beste vriendin!

Sy spring uit die motor.

"Hallo. Pieter. Nadine."

Pieter word merkbaar bleker. "Hallo, Sonja, jy onthou vir …" probeer hy voorstel.

"Spaar jou asem, Pieter! Ons is nog nie eers 'n maand uitmekaar nie! Dis duidelik dat jy … dat jy en Nadine … jy's so vervelig en voorspelbaar!"

"Ek's jammer, Sonja."

"Jammer! Jammer se voet! Jy het my laat glo dat ék die slegte een is! Jy het my lewe om elke hoek en draai versuur … jy het jou skoolvriend gehuur om my te verlei. En jy, Nadine, wat het jy vir jouself te sê?"

Sonja hou haar hand op toe Nadine wil antwoord. "Tut-tut-tut! Save it. Ek stel nie regtig belang nie. Ek hoop julle is baie gelukkig saam!"

Sonja betaal die nuuskierige petroljoggie en ry byna vir Pieter en Nadine raak waar hulle verslae na haar staan en kyk.

Sy skrik toe haar selfoon lui. Haar hande bewe toe sy antwoord.

"Sonja. Hallo."

"Sonja, dis Gerhard. Moet asseblief nie weer die foon neersit nie. Luister eers. Ek is absoluut mal oor jou ... en ek mis jou ... kan ons asseblief ontmoet?"

"Gerhard!" roep Sonja uit.

"Ek is so bly om jou stem te hoor! Voor jy verder praat, 'n vraag: Sal jy getrou wees aan my?"

Donkermaan

Delanie Flanegan

Iets het haar laat wakker skrik, het die stilte van die nag verbreek. Die enigste geluid wat sy nou hoor is haar eie asemhaling terwyl die donkerte soos 'n swaar kombers om haar hang. Haar hand soek tastend na die skakelaar langs die bed. "Vervlakste Eskom!" mompel sy as niks gebeur nie. Sy druk die knoppie vir 'n tweede keer, maar dan kan sy voel hoe die laaste slaap verdwyn en daarmee kom die werklikheid na haar terug. Daar is nie meer iets soos Eskom nie. Nie sedert 2012 nie. Die jaar wat 'n einde aan so baie dinge gebring het. Wie sou ooit daardie Desember kon raai dat hul lewens vir altyd so sou verander? Haar hand soek weer in die donker en sy sug van verligting as sy haar flitslig vind en sy skakel dit met dankbaarheid aan. Sy kom stram orent, glip haar voete in haar skaapvelpantoffels, trek haar kamerjas aan en strek dan eers die styfheid uit haar lyf voordat sy na die venster stap om die gordyn effens weg te skuif. Die swart ink van die nag begroet haar. Buurman se huis is donker en nie eens 'n kerslig flikker daar nie. Die ander bewoonde huise in die buurt is net so stil en donker. Mense gaan slaap deesdae vroeg en staan dan saam met die son se eerste flou strale op. Daar is ook nie 'n enkele ster vannag om die vreemde daar buite te belig nie. Dit is donkermaan vanaand, net soos elke nag die laaste vyf jaar; sedert daardie dag toe hoop soos 'n skelm in die nag weggesluip het en net die lang koue agtergebly het ...

Daar is dit weer, die geluid wat haar uit haar slaap gelok het. Dit klink vaagweg bekend, amper soos 'n ... kan dit wees? ... 'n Kind wat huil? Hoe lank is dit nou al wat daar geen kinderstemme hier te hore is nie? Dit moet haar verbeelding wees. Kinders het al 'n hele ruk nie meer 'n veilige hawe hier nie, nie in hierdie amper verlate woonbuurt nie. Haar voete dra haar by haar kamerdeur uit en teen die trappe af. Sy hou haar een hand teen die reling en met die ander klem sy die flitslig styf vas. Die lig in haar hand is al wat die donkerte voor haar verdryf. Haar voetval teen die houtvloer fluister saggies terwyl sy met die lang gang tot by die voordeur stap. Sy loer eers deur die klein venster langs die deur, maar net die donker van die maanlose nag begroet haar. Sy skud haar kop en druk vir 'n oomblik eers haar oor teen die deur voor haar hand die veiligheidsketting vind. "Ek is nog nie mal nie, is ek?" Daar is niemand in die huis om haar te antwoord nie. Sy maak die deur versigtig op 'n skrefie oop en skyn met die flitslig na buite. Haar dogter, haar verlore kind, staan daar in die koue donker. Sy kan hoor hoe sy na haar asem snak voor die woorde oor haar tong struikel: "Lenie, my Lenie, is dit regtig jy?" Sy gooi die deur wyd oop en met bewende hande trek sy die skraal figuur na binne.

Die meisiekind bibber van die koue, haar gesig bleek in die lig van die flits.

"Moet my nie wegjaag nie. Asseblief, Mamma, ek het nêrens anders nie." Sy trek die meisie styf teen haar vas. "Jy's nou hier; jy's terug, jy's veilig. Ek was so bekommerd, my kind!" Sy babbel en probeer om dit te stop, maar die blydskap om hierdie verlore kind van haar te sien is net te veel. Daar is iets in haar kind se arms en as sy terugtree kan sy die bondeltjie in Lenie se arms beter sien. Mara Viljoen voel vir die derde keer in agt en veertig jaar hoe die krag uit haar bene vloei. Die baba se donker oë, 'n spieëlbeeld van Lenie s'n, kyk haar reguit aan terwyl hy aan sy handjie suig.

"Asseblief, Mamma, ek het nie geweet wat anders om te doen nie! Ek weet ek het jou seergemaak en ek was so bang jy wil my nie weer sien nie."

Trane sypel teen Lenie se wange af en Mara weet sy kan self nie nou meer praat nie. Haar gemoed is net te vol. Sy lei haar kind na die kombuis. Die flitslig help haar om vuurhoutjies te kry en sy steek 'n paar kerse aan. Sy kyk op as Lenie op 'n stoel gaan sit, die baba steeds beskermend in haar arms toegevou.

"Ek het gedink ek sal jou nooit weer sien nie, jy is saam met daardie man hier weg." Sy tap water in die ketel, sit dit op die gasstoof en draai die knoppie. Die vlamme flikker oor haar kind en oor die baba. Sy kan hulle nie in die koue uitjaag nie, nie in die wêreld wat nou daar buite wag nie, en ja, selfs toe dit nog goed was in hierdie wêreld sou sy haar kind met oop arms verwelkom het. 'n Ma kan mos nie haar rug op haar eie vlees en bloed draai nie.

Sy dink aan haar Petrus wat sy net na die ramp verloor het. Wat sou hy nou dink as hy vir Lenie so moes sien, sy oogappel, sy laatlam bederfkind? Dit het vir haar wat Mara is tot in haar diepste wese geskok toe Petrus daardie oggend nie wou wakker word nie. Haar sterk man van twintig jaar is sommer so stil in sy slaap weg. Dae wat sy aan niks kon of wou dink nie het verbygesleep en Lenie het maar met haar eie dinge aangegaan. Hulle het verby mekaar geleef. Sy was so besig met haar eie verdriet dat sy haar kind, haar Lenie, se seer vermy het.

Die ketel fluit, roep haar terug na die hede, en Mara maak vinnig koffie – swart, met baie suiker om die koue te verdryf. Daardie dag, twee jaar terug, toe die man wat homself Wikus noem hier opgedaag het, was sy eers versigtig, maar hy het gou haar vertroue gewen. Hy was bedagsaam en altyd bereid om te help, en hulp was iets wat hulle broodnodig gehad het. Dit was 'n gesukkel met net twee vrouens in die huis. Sy was so gewoond dat Petrus vir alles sorg dat sy 'n man se helpende hand in die huis verwelkom het. Was sy blind of wou sy nie sien nie en só in haar eie kokon toegevou? Sy sal nooit die dag vergeet toe sy uiteindelik besef het dat daar iets tussen Lenie en Wikus is nie. Toe was dit al te laat, heeltemal te laat. Lenie was nie meer háár Lenie nie. Haar opgewekte, laggende kind was nou vreemd en stil in die huis en nou was dit sý wat haar ma vermy het. Tot daardie reënerige oggend wat Mara wakker geskrik het in 'n leë huis. Haar dogter was weg, daar was nie eers 'n brief nie, niks om die besluit te verduidelik nie. Die alleenwees was moeilik en die selfverwyt nog moeiliker, maar dit het haar sterk gemaak. Sterk om te leer om na haarself te kyk. Sterk om te leer oorleef in hierdie vreemde, nuwe wêreld. Sterk om nuwe vriendskappe te smee en ook sterk genoeg om weer haar hart vir haar dogter te kan gee. Sterk genoeg om Lenie om vergifnis te vra.

Mara hoor hoe die horlosie middernag slaan. Soos altyd luister sy met volle aandag na die geluid as dit deur die huis se stilte breek; die ou staanhorlosie wat getrou die tyd hou. Die horlosie wat haar herinner dat, al is die nag hoe lank en koud, 'n nuwe dag weer op pad is en die donkermaan weer vir 'n kort rukkie plek sal maak vir ...

Sy frons as sy die stem hoor, so bekend, maar dit kan tog nie wees nie? "Wakkerskrik slaapkous!" Die reuk van roosterbrood en melkkoffie is oral om haar en met 'n ruk sit sy regop. Sy is in haar kamer, haar bed. Sonlig straal deur die venster, die gordyne fladder in die ligte bries wat deur die venster kom en saam met die bries hoor sy die gelag van kinderstemme. Iewers lui 'n telefoon en sy kan die gedruis van verkeer op die teerpad hoor. Sy kyk verward om haar rond.

"Mara-lief, wat is verkeerd?" Stadig, ongelowig, bang om te hoop, kyk sy op, en voor haar, skinkbord in die hande, staan haar Petrus.

"Net 'n droom, dit was net 'n droom." Sy huil, sy lag en sy klou aan haar man met 'n dankbaarheid, maar ook 'n desperaatheid, want môre is die een-en-twintigste Desember 2012 ...

Verslete swart skoene

Dieter Lochner

Dis Maartmaand in Stellenbosch – die lekkerste tyd van die jaar wanneer die wind weg is en die klam, bedompige hitte nie meer so erg is nie. Die Eersterivier kabbel rustig oor die ronde klippe. Marius sit op 'n klip met sy rug teen een van die eikebome. Dis so mooi en rustig dat hy amper 'n glimlag op sy gesig kry. Dis seker al naby vyfuur en hy kyk instinktief na die horlosie om sy pols. Die amperse glimlag verdwyn, want die goue Rolex sê dis halfses. Halfses. Hy lê terug met sy kop teen die boom se stam. Skielik is sy keel weer droog en hy vat 'n slukkie uit die waterbotteltjie in sy hand. Hy drink die laaste bietjie en kyk na die botteltjie soos hy dit met al twee sy hande op sy skoot vashou. Hy druk dit met sy duim en dit maak 'n klakgeluid. Halfses, elke dag is dit halfses. Hy kan nie meer die dag onthou nie, maar dit was 'n jaar gelede. Ook so 'n mooi Bolandse aand, 'n lieflike aand langs die Eersterivier.

"Hey, brother, jy raas."

Marius kyk na die man langs hom. Hy haat dit as hy hom "brother" noem. Almal van hulle, so asof hulle familie is. Hy druk ekstra hard en die leë botteltjie maak nog 'n harde klakgeluid.

"Brother? Ek het gesê jy raas!"

Marius gooi die botteltjie in die water en kyk hoe dit in die rivier af kabbel. Hy sê nie 'n woord nie – hy het nie meer woorde nie. In 'n vorige lewe miskien ja, maar nie nou nie. Hy stamp teen die man wat op sy rug langs hom lê en beduie met sy vingers: "Jo, brother, wanneer laas het jý gekoop? Jy is mos te grênd om te vra ..."

Die twee mans kyk vir 'n paar sekondes na mekaar en dan word die halwe witbrood aangegee en Marius kry tog 'n ligte glimlag om sy mondhoeke. Hy vat 'n hap en gee die brood terug. Hy lê agteroor en maak sy oë toe terwyl sy gedagtes begin dwaal na daardie dag. Daardie dag halfses presies 'n jaar gelede. Daardie dag wat vir ewig in sy gedagtes ingeprent is, die tyd wat vir ewig op sy goue Rolex vasgevang is ...

***

"Betaal net die vyftig rand, asseblief!" Marius kyk na sy vrou langs hom. Sy het klaar die sitplekgordel losgemaak en sit met haar handsak op haar skoot. Sy kyk na hom met dáái kyk terwyl sy die deur se knip trek en die Volkswagen se deur oopglip. Die stilte is amper oorverdowend.

"Betaal net, Pappa," sê Liesel met 'n amperse benoude stemmetjie van agter. Sy ken haar ouers lank genoeg om te weet dat die ys besig is om te kraak. As dit breek gaan die hele oomblik sink en sy het niks met enigiets te doen nie. Dis nie regverdig nie!

Marius glimlag en laat sak sy venster.

"I'll watch your car, Boss. Don't you worry," sê die karwag langs die deur.

Marius se Mona Lisa-glimlag verdwyn soos hy die noot aangee. Dis nie dat hy suinig is nie, maar vyftig rand is baie geld, altans vir hulle. Op hierdie stadium van sy lewe, net duskant vyftig, het dinge nie mooi uitgewerk nie. Hy knik net sy kop. Nadia sit haar hand op Marius se been.

"Kom nou, liefie. Dis net een aand," sê sy met 'n smeekgebed in haar oë. "Kom ons geniet dit net en vergeet van alles, net vir die volgende paar uur?" Marius glimlag net liggies en knip sy oog vir sy mooi donkerkop vrou. Hulle klim uit en die Volkswagen se deure klap omtrent gelyk toe. Soos hulle van die oop stukkie grond onder in Die Laan afstap na die Eersterivier se kant toe, waai die karwag in hulle rigting. Marius waai halfhartig terug. Die man doen seker net sy werk, dink hy en voel dadelik skuldig. Hy weet hoe dit voel. Met sy dogter tussen hulle stap die drie met die paadjie langs die rivier op na Coetzenburg toe. Skoleatletiek – die Paarl en Stellenbosch. Dis iets besonders en sy vrou mis dit nooit nie. Marius is meer 'n ou vir spansport, maar bring sy vrou elke jaar om te kom kyk. Sy is 'n Gimmie in murg en been, só erg dat hy al 'n droom gehad het dat sy groen bloed bloei.

Hy haal diep asem, want al werk dinge nie uit soos hy dit wou gehad het nie, sal hy moet oppas. Al wat hy het wat sin maak is sy vrou en sy dogter. Sy probleme is besig om sy visie te belemmer, so asof hy oogklappe aan het. Hy sien nie meer ander mense en hulle probleme raak nie, net sy eie. Onwillekeurig kyk hy om na die karwag wat met iemand staan en gesels onder die groen eikebome. Hy is darem nog nie heeltemal daar nie. Inteendeel, hy het so baie om voor dankbaar te wees.

Marius skrik uit sy dagdroom toe Liesel sy hand skielik gryp en dit styf in hare vasdruk. Hy kyk na haar waar sy tussen hulle stap. Sy kyk stip vorentoe met 'n angstige uitdrukking op haar gesig en Marius volg haar blik om te sien waarna sy kyk. Eerder na *wie* sy kyk.

"Toemaar my skat, dis maar net 'n boemelaar."

"Hy kyk na ons, Pappa, hy gaan ons iets vra."

Marius kyk na die man wat 'n entjie voor hulle langs die paadjie staan. Mense is skugter vir die vreemde en die man lyk beslis vreemd. Hy het 'n swart pak aan waarvan die baadjie vuil en verflenter is. Die baadjie is nie toegeknoop nie en 'n vuil, wit hemp steek uit. Selfs die man se skoene is swart en gehawend, net soos sy bos pikswart deurmekaar hare. Hy lyk soos iemand wat baie lank gelede by 'n formele funksie was en nooit sy klere uitgetrek het nie. Hy hou 'n waterbotteltjie met albei hande vas terwyl hy kyk na die gesinnetjie wat aangestap kom.

"Engel, ignoreer hom net," sê Nadia.

Liesel druk sy hand nog stywer vas soos hulle verby hom loop. Vir 'n oomblik het dit gelyk asof die man vir Marius iets wil vra, maar hy bedink homself en knik net sy kop. Marius kyk vinnig na hom en dan weer voor hom na iets in die paadjie voor hulle. Na 'n paar treë kyk Marius weer vinnig om na waar die man nog steeds staan en hul verslae agterna staar.

"Hy is vreemd," sê Nadia.

"Seker een of ander verslaafde wat sy lewe weggegooi het," sê Marius en los sy dogter se hand.

"Hoe kan Pappa dit sê?" vra Liesel geskok.

"Ek ken sy soort, my engel. Die wêreld sal 'n beter plek wees sonder sulke mense."

Hul stap in stilte verder tot by Coetzenburg. Die mense is besig om in te stroom en dit gaan stadig oor die brug. Paul Roos, Bloemhof, Girls High, Boys Haai, en dan natuurlik Paarl Gimnasium. Dis 'n wonderlike samestelling van jeug, opwinding, gees en die beste skoleatletiek van die jaar. Hulle stap deur die hek en kry hulle sitplekke aan die oorkant van die atletiekbaan. Die hoofpawiljoen is gereserveer vir skoliere, dis immers hulle aand. Die opgewondenheid is tasbaar soos die drie hulle plekke inneem. Nadia gaan sit met haar handsak op haar skoot en begin vroetel.

"Ag nee, ek glo dit nie!" sê sy skielik.

"Wat nou?" vra Marius.

"Ek het my sigaret in die kar vergeet."

Marius kyk na Liesel en vra: "Dis seker nou hier waar ek sal moet terugloop?"

Liesel lag net. "Pappa weet mos, gaan haal dit eerder of sy gaan ons probleem word." Nadia klap haar dogter liggies op die skouer en glimlag. Marius staan op en voel vir die karsleutels in sy sak. Sy vrou het een swakheid waarvan hy weet, en dis rook. Sy het 'n rukkie terug een van daardie sigarette gekoop wat mens herlaai, amper soos 'n e-sigaret, maar nie heeltemal nie.

"Dankie my skat, jy is my engel!" sê sy en sit haar handsak langs haar neer. Marius glimlag net en stap met die sementtrappies af terug na die hek toe.

Oor die Coetzenburg-bruggie draai hy teen die rivier af na die parkeerarea toe. Sy gedagtes dwaal weer na die man met die swart pak. Hopelik het hy verdwyn, want sulke mense het 'n manier om op 'n mens se gewete te speel en hy is nie nou lus daarvoor nie. Hy is nooit lus vir sulke mense nie. Halfpad kar toe sak sy moed in sy skoene. Op een van die rusbankies sit dieselfde man en hou hom dop soos hy aankom. Vervlaks! dink hy. Ek gaan hom net ignoreer. Marius stap vinniger soos hy nader aan die rusbankie kom.

"Marius?" Marius stop dood in sy spore en kyk na die man wat skielik regop staan.

"Ken ek jou?" vra hy huiwerig.

"Ek dink nie so nie. Jy ken niemand soos ek nie, maar ek ken vir jou ..."

'n Skielike briesie warrel Marius se blonde hare deurmekaar en hy vryf oor sy voorkop.

"Kyk, ek het niks. Dit lyk miskien asof ek geld het, maar ek het regtig niks om te gee nie."

"Niks?" vra die man terwyl hy na Marius kyk sonder om sy oë te knip.

"Nee," sê Marius en begin vinnig aanstap.

"Wag, ek het iets vir jou." Marius stop en draai om. Die man kom nader gestap en haal 'n goue Rolex-horlosie van sy arm af wat hy na Marius toe uithou. 'n Warrelwind van gedagtes waai soos 'n yskoue stormwind deur Marius se kop. Die man is desperaat! Hy kyk na die horlosie. Miskien kan hy iets uit die situasie kry ... Hy kyk na die man en sonder om sy oë van die horlosie af te haal, vroetel hy in sy sak. Hy haal 'n honderd rand noot uit en hou dit na die man toe uit.

"Dis nie wat ek bedoel nie. Ek wil dit vir jou gee," sê die man.

"Hoekom? Het jy dit gesteel en nou is jy bang iemand kom soek dit?" vra Marius sarkasties.

"Dink wat jy wil," sê die man en hou die horlosie met meer dringendheid na hom toe uit. Vir 'n paar sekondes voel dit asof tyd stilstaan. Dis 'n vreemde gevoel, so asof alles uit plek is. Niks voel reg nie. Hoekom Marius dit gedoen het sal hy nooit regtig weet nie, maar hy vat die horlosie.

"Sit dit aan jou arm," sê die man met 'n hartseer uitdrukking in sy oë en Marius knip die horlosie aan sy linkerpols. Toe breek alles hel los en 'n onbeskryflike donkerte oorval Marius. Dit voel soos 'n ewigheid en terselfdertyd ook soos 'n millisekonde. Na die donkerte skiet 'n helder, wit lig deur Marius se hele wese. Hy is nie seker hoe lank hy net daar gestaan het nie. Geen gedagtes of emosie nie, net hy en hy alleen. Hy gaan sit op die bankie met sy gesig in sy hande. Stadig begin die wêreld rondom hom weer sin maak – die duiwe wat in die eikebome sit en koer, die ligte briesie deur sy hare, die geraas van die atletiek 'n entjie weg ... Hy hoor die aankondiger, die kinders wat sing en die mense wat skree en kyk op na die man wat met 'n hartseer uitdrukking op sy gesig steeds voor hom staan. Iets is nie reg nie, iets is heeltemal verkeerd. Marius sien homself voor hom staan, maar hy kan nie sin maak van alles nie en paniek dreig om sy keel toe te trek. Hy laat sak weer sy gesig in sy hande; niks maak sin nie, maar tog maak alles sin ...

Dis toe hy afkyk na sy verslete, swart skoene wat hy skielik besef. Die man sit sy hand op Marius se skouer en sê: "Jy is baie gelukkig, Marius."

Met trane in sy oë kyk Marius en vra: "Hoe lank?"

"Een volle jaar."

Marius se hele lyf ruk soos die droefheid hom tref en hy begin snik. Die man gaan langs hom sit.

"Jy het nog 'n kans, dis nie vir baie mense beskore nie," sê hy en sit agteroor. "Diep binne is jy goed, jy het jou hele lewe lank gesukkel, maar jy het staande gebly. Jy het nou 'n jaar tyd om diep binne jouself te delf en dit wat jy vergeet het weer uit te krap. Dis daar, jy moet net soek."

"En my vrou en dogter?" vra Marius en kyk op.

"Hulle is in goeie hande. Jy sal hulle terugkry, en ek belowe jou, ek sal mooi na hulle kyk ..."

"Wie is jy?" vra Marius.

Die man staan op, die hartseer uitdrukking steeds op sy gesig.

"Al wat jy moet weet is dat ek hier is om jou te help. Alles is nou duister, maar eendag sal jy verstaan ..."

Soos die man wegstap na kyk Marius na sy horlosie. Halfses. Die horlosie staan doodstil.

★★★

Die geluid van 'n luidspreker iewers in die verte breek Marius se gedagtes. Dis 'n geluid waarvoor hy al lank wag. Hy staan op en klouter teen die Eersterivier se wal uit.

"Hey, brother, waarnatoe gaan jy?" vra die man langs hom.

Marius glimlag en stof sy klere af. Die swart pak is geskeur en vuil. Die wit hemp is al geel van al die vlekke. Sy swart skoene se sole is deurgeloop. Hy kyk na die Rolex-horlosie om sy pols.

"Dis atletiek vandag," antwoord hy terwyl hy sy broek afstof.

"Ek weet my broer, dis elke jaar se storie."

Marius vryf die donker hare teen sy kop plat – hy het amper gewoond geraak aan sy lang, maer lyf met die deurmekaar swart hare. Hy kyk vir oulaas om na sy maat onder teen die water.

"Ek sien jou, brother," sê hy en sy maat sit regop.

"Wat nou?"

"Ek het 'n afspraak met iemand; ek het iets om vir iemand te gee," sê Marius met 'n glimlag. "Ek het eintlik baie om te gee. Wag net hier, ek is netnou terug," sê hy en verdwyn oor die rand van die wal en stap op die paadjie af waarna hy op een van die rusbankies gaan sit. Onder in die paadjie sien hy drie mense aankom. Nadia het nog niks verander nie, maar Liesel het grootgeword. Hy staan op soos hulle verbystap. Die man los sy dogter se hand, glimlag en hou sy hand uit. Die horlosie is nog altyd in Marius se hand en hy gee dit aan.

"Wat maak Pappa nou?" vra Liesel angstig. "Los die man se horlosie!"

Sonder 'n woord vat hy die horlosie en sit dit om sy arm. Hierdie keer is daar geen donkerte nie, net 'n helder, wit lig; 'n lig van vryheid en liefde. Marius maak die horlosie om sy arm vas en kyk na die man in die donker pak.

"Dankie," sê hy. "Baie dankie, ek sal dit mooi oppas." Die man met die donker pak en verslete swart skoene staan op en glimlag. Hy draai om en stap fluit-fluit terug soos hy gekom het. Sy maat sal seker nog 'n stukkie brood hê.

O, die liewe Martatjie

Evanthe Schurink

Soos jy seker weet, of nie weet nie – landgoedere met lang, ingewikkelde name en gholfbane het hulle eie reëls. Jy mag nie dít nie en jy mag nie dát nie, so asof jy nie weet hoe om jou te gedra nie. Maar nou ja, dit is nou eintlik wanneer hulle jou begin verantwoordelik hou vir jou hond se gedrag dat dinge begin lol ... As jou hond durf blaf, soos alle honde van nature doen, kry jy 'n boete van R1 000. As jy jou hond vir 'n stappie neem en sy haar besigheid doen en jy maak asof jy nie sien nie, word jy ook met R1 000 beboet. As jou hond wegloop of sonder 'n halsband en leiband loop, raai: 'n R1 000 boete!

So stap ek en my sus, Riana een môre vroeg met ons worshond, Martatjie, by die gholfbane en nagemaakte mere rond. Nou, as hulle jou hier vang kan jy natuurlik ook met R1 000 beboet word. Gelukkig was dit nog vroeg en die manne was nog besig om hul aandele in die koerant te beloer, of in die gimnasium te oefen – wat die inwoners van dié landgoed se ander gunsteling tydverdryf is – voor hul verder hul dag kom verwyl op die gholfbaan.

Alles was doodstil en rustig behalwe vir die kiewiete wat so nou en dan vir Marta stormloop met 'n tjrrr wat jou ore laat tuit. Dan sal hulle kastig mank-mank met 'n afvlerk weghardloop om natuurlik die vyand van hul nes weg te lok, so asof my dierbare hondekind nou ooit die vyand kan wees! Natuurlik blaf sy dan ten hemele en gee al wat stapper en drawwer is in die nabyheid 'n vuil R1 000-kyk, so asof hul nou iets met die ou voël gedoen het. Ek het in die begin maar verleë môre gesê, soos boeremense nou maar maak, maar gou agtergekom dat mense wat in veiligheidsplekke woon nie eintlik mekaar groet nie, al praat hulle Afrikaans. Ek kan my natuurlik vergaap aan die stappers en drawwers met hulle skamele ontwerperskleertjies en gespierde liggame. Die dames lyk almal soos Barbie en is gegrimeer kompleet met rooi Botox-lippe op 'n plooi getrek, en soos hulle beweeg, hoor jy net die klingeling van hul armbande en oorringe. Soos party van hulle sluipend naderkom, sou jy sê hulle is uit op die jag – miskien is hulle?

Ongelukkig is daar baie versoekings rondom hierdie damme vir my lewenslustige hondekind met haar kort beentjies en vet pensie wat soos 'n vlakvarkie agter elke gogga en kruipende gedierte aanhardloop. Daar is ook die briewe wat haar vriende vir haar by elke lamppaal gelos het en wat sy nou eers almal moet lees en beantwoord. In die proses moet ek al om die pale hardloop sodat sy nie haarself vasdraai nie. Dit is met een van ons oggendstappies wat ek eers werklik die betekenis van "vasdraai" begin verstaan het ...

Maar die ergste versoeking is die koi-visse waarna Martatjie kwylend staan en kyk terwyl sy kort-kort sulke hartverskeurende tjankgeluide maak. Dan kyk die ander stappers – wie se opreggeteelde honde wat soos hulle base lyk met haardosse uit een of ander la-di-da salon – my so snaaks aan, so asof ek iets vir die hond gedoen het. Duidelik voel Martatjie nie hierdie kyke van die neus-in-die-lug-honde en base wat verbytrippel nie, want haar grootste pret is om hulle met oorgawe te probeer groet. Anders as die mense wat hier bly, groet die honde mekaar graag. Dit is nou as beide van hulle opreggeteelde honde is. Net soos die mense hier, het hulle 'n sewende sintuig wat hulle waarsku dat my hond nie gekoop is nie, maar deur die Dierebeskermingsvereniging aangeneem is. Dan moet ek die leiband maar styf vashou, want Martatjie wil so graag die neus-in-die-lug-hond agternasit. Wanneer sy uiteindelik besef dat dit nie vir haar beskore is nie, gaan sit sy plat op die gras met haar koppie so effens skeef asof sy, net soos ek, wonder wat hulle nou so watwonders maak.

Om terug te kom na daardie noodlottige oggend toe my honde-kind elke liewe reël van die landgoed verbreek het. Ek sien haar nog daar staan en kyk na die vet koi-visse terwyl Riana en ek rustig gesels so tussen haar tjankgeluide deur omdat ons dit mos nou al gewoond is, toe die ganse wat van Egipte kom, besluit om neer te daal in die dam daar naby ons. Dit was net te veel vir Martatjie wat net daar en dan besluit om vir haar een van die ganse vir ontbyt te gaps. Ek dink nie hierdie besluit was heeltemal haar skuld nie, dit was maar meer iets soos instink wat haar so laat optree het. Aan die ander kant is sy die spreekwoordelike appel van my man se oog, en natuurlik totaal bederf. So, as sy iets wil hê keer niks haar om dit te kry nie! Voor ek haar kon keer, ruk sy haarself los met brute krag en 'n leiband wat met 'n boog deur die lug trek, en plons die water in.

"Martatjie, Marta, kom terug Martatjieee!" skreeu ek ten hemele en sit haar agterna met my gewigtige lyf en kort beentjies. Dit is tóé dat ek uitvind dat 'n mens só kan vassuig in die modder van 'n dam dat jy nie kan beweeg nie. Daar staan ek toe en skree op die hond met my skoene en al en tot by my knieë in die water geplant, terwyl Martatjie stewig op pad is om na die eksotiese ganse toe te swem en ek niks kan doen nie. Maar gelukkig – of ongelukkig – is die oomblik te groot vir haar, want sy is ook nie meer jonk nie. Skielik draai sy witpens bo en ek weet nóú moet ek die hond vinnig in die hande kry, of ek sit dalk môre sonder 'n man, want hy sal my nooit vergewe as sy Martatjie iets oorkom nie. Na 'n paar reuse hoë trappe, want dit is al hoe mens deur modderwater kan beweeg, slaag ek gelukkig daarin om haar net-net aan die leiband beet te kry en so katrol ek haar toe in om haar te kan optel. Maar dit is eers moeilik, want ek moet my balans behou en so 'n worshond is swaar! Ek probeer haar optel en sy spartel en klou so al wat sy kan met haar kort, krom beentjies en pootjies om my been vas terwyl haar kop kort-kort onder die water verdwyn. Uiteindelik kry ek dit reg om haar op te lig. Gelukkig het sy al so herstel dat ek nie mond-tot-hond-asemhaling hoef toe te pas nie.

"Ai, my liewe Martatjie, wat vang jy tog nóú weer aan? Jy sal laat my hart laat gaan staan," berispe ek die hond, maar sy kyk net na my met haar groot, bruin oë en hou haar so onskuldig as wat kan kom. Eintlik bespeur ek so bietjie van 'n verwyt in haar kyk, so asof sy wil sê: "Hoekom vat jy so lank om my op te tel?"

Toe sy veilig in my arms is en ons gereed begin maak om oorwinnend terug te strompel wal toe, besef ek met 'n skok dat daar nog een probleem is wat ek moet oorkom: my voete wys in die verkeerde rigting! Ek sal in die modder moet omdraai, en dit gaan nie so maklik wees nie.

Onder luide aanmoediging van my sus wat tot nou toe nog net soos 'n senuweeagtige reisiesperd op die wal gestaan en trippel het, en wat nou skree: "Marta, Martatjie!" probeer ek die aksie uitvoer met my hondekind in die arms. So met die probeerslag toe ek wil omdraai, wonder ek hoekom Riana nou op Martatjie skree, want dié is mos nou veilig in my arms ...

"Ag seker maar 'n vertraagde skokreaksie," sê ek kliphard vir myself. Maar sus het natuurlik gesien wat aan die gebeur is.

Toe gebeur dit. Ek verloor my balans en val vorentoe, agterstewe in die lug en my sus skree Martatjie se naam net nóg harder. Ag, wat 'n gesig is dit tog nie, want ek het 'n kort toppie en 'n stywe, wit langbroek aan wat as dit nat word, so deurskynend en klewende is dat ... nou ja, ek dink nie ek hoef verder te verduidelik nie ...

Gelukkig het my hondekind met my gevallery haar asem teruggekry en toe sy die water tref, begin sy dadelik kant toe swem en toe, seker van pure verligting, doen sy 'n groot ding in die vlak water. Toe sy klaar is, hardloop sy reg in my sus se arms in, so asof niks gebeur het nie. Met moeite kom ek hande-viervoet op uit die water, maar alles lyk dof. "Is my bril dalk vuil?" wonder ek hardop terwyl ek voel na waar my bril behoort te sit, maar daar is niks. Ag nee, met die val het my bril van my neus af gespring en lê seker nou begrawe in die modder. Nou maar eers weer buk en voel of ek nie my bril kan raakvoel nie, want sonder my bril is die wêreld maar bra dof.

My sus, wat nie kan verstaan wat ek doen nie, en om goeie rede nie wil hê dat ek die buk-oefening moet herhaal nie, gil nou kliphard: "Wat maak jy? Kom dadelik uit!"

Omdat ek nie agter my kan sien nie, besluit ek om my nie aan haar geskree te steur nie en buk nog 'n keer behoorlik om my bril te probeer kry, maar tevergeefs. Met die laaste buk-aksie voel ek skielik hoe die naat van my broek begin meegee onder die druk van die gebuk. Ek draai toe maar so vinnig as moontlik in my spore om en begin om na die wal terug te waad, maar o wee! Dis toe dat ek besef waarom my sus so op my gegil het! Nie net staan daar al 'n hele paar toeskouers op die wal nie, maar van hulle is besig om my reddingspoging met hulle selfone af te neem. Ag genade, kan die berge nie maar oopgaan en die aarde my insluk nie? Hierdie skande sal ek nooit oorleef as almal op Facebook of Instagram of wat ook al my nou so van die verkeerde kant af moet sien nie, dink ek paniekerig.

Gelukkig kan ek nie goed sien sonder 'n bril nie, maar is tog deeglik bewus daarvan dat die toeskouers mý behoorlik kan sien. Tot my skok klap hulle vir my hande en 'n paar gee selfs sulke lang wolwefluite. Koponderstebo het ek en Riana met Martatjie so gou as moontlik verdwyn. Ek moes natuurlik sulke klein treetjies gee sodat die skeurtjie nie te opmerklik is nie en treetjie vir treetjie het ons uiteindelik by die huis aangekom.

"Vrou," vra my man geskok toe hy my sien, "wat het dan gebeur?"

Toe ek en my sus hom die storie vertel kon ons nie anders as om uit te bars van die lag nie, maar manlief dink nie dit is 'n grap nie.

"Dit was darem baie snaaks toe éérs Martatjie witpens bo draai en toe hou jy ook die wit kant bo," lag my sussie dat die trane loop.

Manlief is glad nie beïndruk nie, en al wat hy kan uitkry is: "My liewe vrou, jy kon seergekry het!"

Een goeie ding wat uit die hele petalje gespruit het, is dat ek van toe af elke keer as ek en Martatjie gaan stap deur die meeste van die stappers en drawwers gegroet word! Party groet my selfs op die naam van Martatjie, terwyl my naam eintlik Elsa is. Ek groet dan maar so sku-sku terug, want ek kan my verbeel dat die een wat groet ook op die wal gestaan het, want hul glimlagte is darem net te breed ... so asof hul iets wil onthou wat ek liewer wil vergeet.

Kruisgange in Salzburg

Elizabeth Hentschel

In die nanag wéét sy meteens. 'n Pelgrimsreis. Sewe dae in Salzburg. Hierdie keer alleen.

Salzburg, van altyd af die stad van haar drome, die noordelike Rome. Die stad van Mozart en musiek, kerke, katedrale en kloosters onder koepels, die libretto van die Salzach en die kantate van die Monniksberg.

Die eerste besoek het in die winter, in die Advent, plaasgevind. Met haar bruidegom aan haar sy. Hulle wittebroodsreis.

Die stad was 'n sprokie in wit. By die Christlmarkt het hy vir haar 'n amulet gekoop, in silwer met 'n lewensboom in die sirkel, en dit om haar nek gehang. Uit die katedraal het die helder tone van die "Ave Maria" opgeklink. Die lewe was so ongelooflik mooi. Idillies mooi.

Sy hang die amulet om haar nek. Die bruid. Die weduwee. Die pelgrim.

Einde Mei. Dis somer in Salzburg. Sy reël dat haar bagasie afgehaal word en kies koers, te voet, doelgerig, die roete lankal in haar kop uitgestippel.

By die uitgang van die stasiegebou huiwer sy vir 'n oomblik. Die rapsodiese klanke van Monti se "Czárdás" kom uit die viool van 'n jong sigeunervrou in 'n swart rok. Vrou en viool smelt saam, vingers en strykstok is vlugtige vlinders. Langs haar dans 'n dogtertjie droomverlore. Sy hou 'n rooi roos in haar hand, haar lang, donker hare flonkerend in die oggendson.

Die sigeunervrou kyk eers op toe 'n muntstuk in die leë bakkie langs haar val, haar oë smeulend van hartseer. Haar stem is hees, haar Duits gebroke: "Danke. Für mein kind. Brot." Die dogtertjie dans ongestoord verder, die valle van die wye wit en rooi rokkie swaaiend soos rose in die wind.

Die dansende kind bly nog in haar gedagtes terwyl sy verder loop. Aan die bopunt van die Mirabellgarten, by die trappies van die Roosheuwel, bly sy vir 'n oomblik staan om te kyk na die reliëf van berge en koepels teen die blou hemel. Dan loop sy met die do-re-me-trappies af, daar waar Fräulein Maria en die Von Trapp-kinders eens getrippel het. Sy loop met die wandelpaadjie al langs die Salzachrivier, oor die Staatsbrücke tot in die Altstadt met sy ou barokgeboue, arkades en markte.

Sy baan haar weg deur die toeriste wat met hulle kameras voor die Rokoko-fassade van Mozart se Geburtshaus saamdrom en draai in by 'n gebou in die Franziskanergasse. Sy meld aan by die ontvangs, stap met die trappe op. By die kantoordeur huiwer sy, klop dan saggies.

"Grüß Gott!" groet hy. "Schön, dass Sie da sind, Frau Kirsten!"

Hy nooi haar om te sit, kyk dan vraend na haar. Hy is bereid om as haar Doktorvater op te tree, maar sy kollega in Suid-Afrika het hom laat weet van die tragiese gebeure wat haar lewe ver-ander het. Hy vra of sy op hierdie stadium nog met die navor-singsprojek wil aangaan?

"Ja," antwoord sy sonder meer, "ek moet nuwe sin aan my lewe gee."

"Ek verstaan," antwoord hy, sy oë begrypend. Hulle bespreek al die formaliteite en doen die beplanning vir die projek. Half-twaalf sit hy sy pen neer.

"Kom saam met my, ek wil vir u iets gaan wys."

Eers toe hy 'n kierie uit die kas haal, sien sy die opgeboude regterskoen. Hy volg haar blik.

"Polio as kind." Sy stem is gelate. "Maar dit strem my nie. Dis deel van my."

Domplatz. Op die plein voor die katedraal word getimmer. Die studente is besig om stellasies op die rig vir die jaarlikse opelugvertoning van *Jedermann*, vertel haar mentor. Dis die Middeleeuse moraliteitspel wat die dilemma van die mens uitbeeld as die Dood op sy voorstoep staan en rekenskap van sy lewe eis.

"Die verganklikheid van die lewe," merk sy op.

"Dis juis die verganklikheid wat die lewe so kosbaar maak," mymer haar mentor.

Salzburg. Die stad van skoonheid én verganklikheid.

Hulle baan hul weg deur die geroesemoes van mense en klanke, loop oor die Kapitelplatz, draai by die Festungsgasse in. 'n Entjie verder kom hulle by 'n ingang en meteens is dit stil. Sankt Peter Friedhof. Die kloosterkerkhof lê weggesteek soos 'n kosbare kleinood. Grafkelders en katakombes nestel in die rotsbergwand, sierlike smee-ysterkruise waak oor die grafte en standbeelde in 'n tuin van struike en blomme.

Dis die oudste Christelike begraafplaas in Salzburg, dateer waarskynlik terug na die jaar 700 n.C., vertel haar mentor. Hy kyk op sy horlosie. Stiptelik om twaalf begin die klokke van die Dom beier, al sewe klokke, elkeen met sy eie melodie. Die klokgelui vul die hemelruim, laat die duiwe fladderend vlug.

Sy krimp ineen. Die pyn. Die pyn wat vermink en nooit meer verdwyn.

Twee grafte in Afrika, daar waar eens die mooiste rose geblom het.

By een van die grafkelders staan haar mentor stil.

"Schauen Sie mal, das ist die Grabstätte des Transvalers."

"Die Transvaler?" vra sy verbaas en begin dan te lees. Die grafskrif is 'n kort biografie: Adelbert Behr is in 1858 in die Rhönvallei in Duitsland gebore. Hy trou in 1888 met Crescentia Hochholzer, onderneem daarna verskeie swerftogte en kom uiteindelik in die Transvaal aan "waar hy vir die regverdige saak van die Boere geveg het". In 1903 is hy Salzburg toe waar hy 'n bierbrouery gekoop en bestuur het. Adelbert is in 1931 oorlede en in Salzburg begrawe.

Bokant die grafskrif pryk kamee-portretjies van Adelbert en sy eggenote, Crescentia, wat twaalf jaar na haar man oorlede is. Maar dis nie soseer Adelbert se weglêsnor en ruie gryswit baard wat haar aandag trek nie. Onder die portretjies is 'n teksvers wat die nekroloog meteens in ander aanskyn gee:

Ein Ankömmling und Fremder bin ich bei euch, gebt mir das Recht auf ein Grab bei den eurigen. Gen. 23:4

Sy kyk vraend na haar mentor.

"'n Vreemdeling? Hoekom?"

"Adelbert was 'n Duitser, in Salzburg in wese 'n vreemdeling," antwoord haar mentor, "en nie vanselfsprekend op 'n familie-graf tussen die ingesetenes van Salzburg geregtig nie."

Salzburg. Die stad van vreemdelinge.

Hulle loop deur die Altstadt, oor die Makartsteg na die Hotel Sacher op die oewer van die Salzach. Op die terras vind hulle sitplekke vanwaar hulle uitkyk oor die Salzach, die lewensaar wat ongestoord deur die stad vloei, met sy brûe wat die ou en nuwe dele van die stad verbind.

"Aan die skoonheid wou ek my kom troos," sê sy. "Lig, lewe en musiek, dis wat ek in Salzburg kom soek het."

Sy sit haar koppie neer, kyk na die kruisies van die littekens oor haar handgewrigte en dan na haar mentor.

"Hoekom, liewe Herr Professor, as ek mag vra, hoekom wys u dan vir my skadukante van die stad? Hoekom vertel u vir my van *Jedermann* en die onbekende Transvaler met sy vreemde grafskrif?"

"Verganklikheid is die skadukant van skoonheid," antwoord hy, sy stem rustig. "Ek wil vir u die verskillende dimensies van die stad laat sien, die ragfyn membraan tussen lewe en dood, die simbiose van lig en donker."

"Maar ek wil vergeet van die donkerte," sê sy saggies. "Ek gaan ten gronde aan die sinloosheid van my lewe! Niks maak meer sin nie."

"Trauma." Sy stem is begrypend. "Maar die lewe het altyd sin, liewe Frau Kirsten, en u sal dit weer vind."

"Hoe kan u so seker wees? My verlies is te groot!"

Die opstand in haar stem is onmiskenbaar.

"Want diegene wat oorleef, het die opdrag om weer die lig te vind."

"Maar waar?"

Wanhoop en weemoed verwring haar stem.

"In die kruisgange van die lewe," antwoord hy rustig. "Op die pelgrim se pad is daar orals geskenke. Verhale van mede-pelgrims. Verskillende werklikhede. Alles met mekaar verweef."

"En grafte," antwoord sy.

"Ja, grafte ook."

"Soos die graf van 'n onbekende man wat vir 'n klein rukkie in my vaderland was?"

"'n Grafskrif spreek soms boekdele," antwoord hy. "Adelbert Behr het dit belangrik genoeg geag om in sy grafskrif te laat vermeld dat hy in die Transvaal in die Boereoorlog geveg het."

"En hoekom sou dit vir u en vir my enigsins belangrik wees?"

"Die Adelbert Behr wat na Afrika gegaan het, was 'n swerwer en avonturier. Maar dit was 'n ander Adelbert wat na Europa teruggekeer het. Na sy tuiskoms het hy hom gevestig en toegewy aan sy gesin en besigheid."

"En wat is u hipotese, liewe Herr Professor? Wat het hom laat verander?"

"Ek dink die oorlogsbelewenisse in Afrika was vir Adelbert Behr 'n katarsis, die slagvelde van Transvaal 'n memento mori. Maar ook 'n geskenk. Hy het immers nie net dood, lyding en ver-skroeide aarde gesien nie, maar ook die skoonheid van die land onder die Suiderkruis."

"En tog, ten spyte van alles, het hy 'n vreemdeling gebly," hou sy vol. "'n Vreemdeling in meer as een sin. Of lees ek te veel in die grafskrif?"

"Nee, ek dink u is reg, Frau Kirsten," antwoord haar mentor. "Vreemdelingskap is vanaf die vroegste tye deel van die mens se lewe. Vreemdelinge was daar nog altyd in die poorte, vandag meer as ooit tevore met miljoene vlugtelinge onderweg na nuwe bestemmings. Maar daar is ook 'n ander vreemdelingskap, die kruisgang tussen dood en lewe, wanhoop en hoop, donker en lig."

"Hoe kom ek dan ooit weer uit hierdie doolhof?" vra sy. "Waar is die wegwysers?"

"Dis orals," sê hy. "Leer sien, leer luister, hoor die stories anderkant die Mozart-sprokie, anderkant die idille."

Laatmiddag loop sy terug na haar kamer digby die Makartplein. Sy loop deur die Mirabelltuine, stadig, soekend. By 'n muurplaat bly sy staan."*Musik im Mirabell*". Dis 'n gedig van Georg Trakl. Sy lees dit stadig deur. Dis 'n mymering oor die singende fontein, mense wat teen skemer stil-nadenkend deur die tuin loop en die skoonheid bewonder. Maar onmiskenbaar is die tekens van verval en verganklikheid.

"Om te dink Trakl was maar 27 toe hy selfmoord gepleeg het," sê die vrou langs haar.

"Hoe so?" vra sy verbaas.

"Melancholie," sê die vrou. "Trakl het in Salzburg grootgeword, maar homself altyd as buitestander ervaar, al het hy erkenning as digter gekry. In 1914 is hy opgeroep om as apteker by die veldhospitaal te werk. Toe hy kort daarna die gruwels van die slag by Grodek-Lemberg moes aanskou, het hy selfmoord gepleeg. Om sy nalatenskap te eer, het die stadsvaders van Salzburg muurplate met sy gedigte op sewe plekke in die stad aangebring."

Salzburg. Die stad van buitestanders.

Deur die skemeraand loop sy oor die Makartplein. Die magnolias blom wasig, 'n straatmusikant speel "Eine kleine Nachtmusik".

Die verkeersirkel rondom die plein wemel van voertuie en voetgangers wat in en uit beweeg. Aan die oorkant sien sy die ensemble soos haar mentor dit beskryf het: die Dreifaltigkeitskirche met die Priesterseminar langsaan. Die seminarie verhuur deesdae ook gastekamers, al dien dit steeds as opleidingsentrum vir priesters.

Sy stoot die massiewe houtdeure van die Priesterseminar oop. 'n Jong priester sit by die ontvangs en groet vriendelik. Grüß

Gott! Hy staan op, gaan haal haar tas uit die bagasiekamertjie en dra dit vir haar na haar kamer toe. Hulle loop met die breë sementtrappe na die eerste vlak, dan onder die boog van die kruisgang tot by kamer nommer sewe. Hy gee vir haar die sleutel en wens haar 'n goeie nag toe.

Sy skakel die lig aan. Die kamer is klein, maar het alles wat 'n reisiger nodig het. Bed, skryftafel en hangkas, alles in massiewe hout, langsaan 'n klein badkamertjie.

Sy gaan sit by die skryftafel en haal haar dagboek uit. Spoedig oorweldig die moegheid haar. Sy maak vinnig klaar vir die nag en kruip onder die kraakskoon lakens in. Sy draai die amulet om en om in haar regterhand voordat sy in 'n onrustige slaap val.

In die nanag begin die baba knieserig huil. Sy haal die baba uit die wiegie en voel hoe die klein lyfie rustig raak teen haar bors. Tussen sluimer en slaap hoor sy die honde blaf en glas wat breek, voel sy hoe die skrik haar verlam.

"Vlug, Christine, vlug met ons kind!" roep haar man, terwyl hy sy rewolwer oorhaal.

Bewend draai sy die slapende baba toe in 'n kombersie en glip deur die geheime deur, af met die trap na die kelder. Sy ruik rook. Die huis brand! Met die dogtertjie styf teen haar bors maak sy die kelderdeur oop en hardloop met die tuinpaadjie rivier toe, daar waar die bootjie versteek is in die bosse. Sy trek die bootjie tot by die water, klim in, begin roei met die baba op haar skoot. Vlamme verlig die hemel. 'n Enkele skoot knal. Sy voel hoe die babalyfie ruk, slap word teen haar.

Huilend word sy wakker. Sy sit regop, haar hart kloppend in haar keel.

"Wat het geword van die huis?" vra haar mentor toe sy hom 'n paar dae later weer besoek.

"'n Ruïne," sê sy. "Dis al wat oorgebly het. My man het self ons huis gebou, teen die berghang. Vandaar kon mens uitkyk oor die rivier en die berglandskap. Ons paradys, het ons altyd gesê. Ek het my roosboerdery gehad, my man sy pekanneutboord en sonneblomland."

Sy kyk af na haar hande. "In Afrika het daar niks vir my oorgebly nie."

"U het nog nie die pelgrimstog voltooi nie," antwoord hy kalm. "En wie soek, sal vind."

"Ek dwaal deur die stad," sê sy. "Ek kyk en ek luister, maar ek vind geen teken van hoop vir myself nie. Dis alles tevergeefs."

Hy staan op en wys na die kaart teen sy kantoormuur.

"Gaan stap gerus teen die Kapuzinerberg op. Dis in die hartjie van die stad. Dis nie 'n maklike pad nie, maar u sal ryklik beloon word."

'n Versteekte poort verleen toegang tot die wandelpad. Met die vestingmuur as beskutting spiraal die pad steil teen die berghang uit, verby ses kapelletjies. Dis 'n lydensweg, besef sy, en loop tot bo-op die berg. As sy opkyk, sien sy drie kruise. Dis 'n onverwagse gesig en sy haal swaar asem.

Sy gaan sit op 'n bankie, maak haar oë toe, draai die amulet om en om in haar linkerhand. Die lewensboom het sy krag verloor, dink sy. Weemoed en wanhoop is al wat oorbly. Soos die ruïne.

'n Skadu val oor haar. Sy kyk op. Voor haar staan 'n dogtertjie in 'n wit rokkie, in haar hand 'n bos rooi rose. Die dogtertjie kyk glimlaggend na die vrou op die bank, asof sy haar al lankal ken. Sy hou die rose na haar toe uit.

Onwillekeurig neem die vrou die blomme. Sy bly sit asof verstard. Dan maak sy haar linkerhand groot oop en hou die amulet na die dogtertjie uit.

"Für dich," sê die vrou.

Die dogtertjie huiwer, dan neem sy die amulet met haar regterhand. Haar oë blink.

"Danke," stamel sy, draai om en loop weg, haar lang donker hare flonkerend in die middagson.

Die vrou staan op. Sy dra die rose soos 'n kosbare rosekrans teen haar hart. Vlugvoetig loop sy met die spiraalpad berg-af, kruis die rivier en haas haar na die kantoor in die Franziskanergasse.

"Ek kom groet," sê sy en hou die rose na haar mentor toe uit.

Die helfte van jou hart ...

Ammie Pringle

Hy draai om. In die sagte lig van die kers wat op die kombuistafel agter haar flikker, lyk sy soos 'n engel. Sy engel. Dis nou of nooit. Hy kom nader, huiwerend, want wat as sy hom afkeur? Haar klein handjies rus op die onderdeur en onwillekeurig sit hy sy ruwe hande oor hulle. Beskermend, pleitend. "Sophie, gee my die helfte van jou hart – ek sal werk vir die ander helfte."

Bogenoemde ware storietjie is die inspirasie vir die volgende verhaal:

Die stofpaadjie kronkel voor haar uit soos 'n lui, bruin slang. Koes-koes om die skerp, wit dorings van die Acacia vry te spring stap sy vinnig, doelgerig.

Dis nog vroeg, maar die son sit al hoog en die belofte van nog 'n snikhete dag word alreeds deur die sonbesies aangekondig. Sy is alleen en alhoewel sy nog nooit so ver van die huis op haar eie was nie, is sy nie bang nie. Sy is immers gewoond aan haar eie geselskap. As die jongste, en boonop die laatlam, van 'n groot gesin van 12 kinders, was sy van jongs af alleen, in haar eie fantasiewêreld – die rante en kranse haar kastele, die boomgom en bessies fynproewerskos. Sy kan al van kindsbeen 'n geelslang in haar wit kappie vang en weer versigtig vrylaat en sy is die kampioen as dit by wegkruipertjie kom.

Maar daar is tog 'n angstigheid – 'n kort-kort omkyk – wat vandag anders maak as ander. Sy luister vir hoefslae, die gebreek van droë takke, die uitroepe in 'n taal wat swaar val op haar ore en wat sy skaars kan verstaan. Die Anglo-Boereoorlog het alles kom verander ... Die leertassie in haar hand is lig, want sy het nie veel gehad om in te pak nie: Een goeie rok en 'n paar skoene vir kerk, onderklere, 'n trui wat sy by haar susters geërf het, en haar Bybel. Haar Bybel, haar kosbaarste besitting. Binne-in, op die eerste bladsy, het haar pa by lamplig en met swart ink haar naam versigtig geskryf: *Sophia Cecilia Marais, geboren 15 Julie 1884.* Nou, 16 jaar later, het sy die Bybel al twee maal deurgelees. Dis die enigste boek wat sy ken, maar haar pa het gesê dis ook al boek wat saak maak.

En tog het die tyd nou aangebreek om haar vlerke te sprei. Sy is op pad na 'n nuwe plek, 'n nuwe skool waar sy kan leer somme maak en nuwe boeke ontdek. Haar oudste suster is getroud met 'n De Klerk van Botmansgat onder in die vallei en dié het gesê dat sy slim is, dat sy potensiaal het. Sy weet die eintlike rede is dat hulle dink sy te wild is, en dat die plaasskooltjie waar sy tot nou toe skoolgegaan het nie die wildgeit uit haar kon kry nie. Sy gee nie om wat hulle dink nie. Sy sal veel eerder op 'n perd se rug die veld invlug as om in die koel huis te sit en naaldwerk doen.

En tog is daar alreeds hunkering in haar om te versorg, om na iemand om te sien – 'n beminde te hê wat na haar kan omsien en haar kan koester. Sy weet dis daar, soos 'n borrelende fontein wat sy probeer onderdruk. Die verlange van elke 16-jarige na 'n iemand op wie sy verlief kan wees. Vrouwees het haar al vir 'n ruk soos 'n onwelkome gas in Sophie se jong lyf kom tuismaak.

Sy skud die gedagtes uit haar kop en konsentreer haar aandag op die roete wat sy moet volg. Dis net die voetval van haar deurgeloopte leersteweltjies en die deurdringende gesing van die sonbesies wat hoorbaar is in die kloof.

Sy is versigtig om nie in die tweespoorpad aan haar regterkant te loop nie, en kies liewer die skaars sigbare eenspoorpaadjie wat effens teen die steilte parallel met die ossewapad loop. Hier en daar moet sy noodgedwonge afwyk van die paadjie, maar doen dit met groot versigtigheid. As sy hier gewaar word, of erger nog, gevang word deur Boer of Brit, sal sy vir seker teruggevat word huis toe en haar drome sal aan skerwe lê.

Sy is nou naby die rivier. Die kranse toring soos die mure van Jericho bokant haar uit, en nou en dan hoor sy die geblaf van die brandwag-bobbejaan wat die res van die trop waarsku dat 'n tweebeenskepsel met vlegsels hul privaatheid bedreig. Die rivier is droog, maar hier en daar loop 'n stroompie water van die talle fonteine in die berge. Sy les haar dors en spoel haar warm gesig en nek af sonder dat haar oë vir een oomblik die pad verlaat. Die laaste ding wat sy wil hê is om onkant betrap te word deur mens of dier ...

Die son sit nou al hoog en sy skat dat sy al ses ure op pad is. Sy wonder wat Mammie doen. Sy wat Sophie is, was vir drie jaar die enigste kind in die piepklein hartbeeshuisie waar haar ouers die meeste van hulle grootgemaak het. Klippe gekou het, sewe sakke sout opgeëet het ...

Haar pa, Pieter Schalk Marais, was eens 'n welaf man in die vallei en haar ma is 'n kleindogter van Groot Willem Prinsloo, die befaamde boer wat op die draai van die Baviaansrivier gebly en geleef het en wat bekend was vir sy fantastiese grootte – ver oor die ses voet – én sy rebelsheid. Dieselfde bloed wat nou in Sophie se are bruis.

Dinge het egter verander en sy is gebore in die klein huisie hoër op in die vallei waar haar pa toe al 'n paar jaar as bywoner sy gesin aan die lewe moes hou. Haar saggeaarde pa met die blouselskerp oë wat twee jaar tevore net inmekaargesak het. Dood is, begrawe is, weg is vir ewig en altyd, Amen!

Haar ma sê altyd dat niemand nog ooit dood is van harde werk nie, maar sy is verkeerd – haar man, Sophie se pa, is dood van harde werk én sukkel op ander mense se grond. En nou is sy op pad om haar heil te gaan vind by haar suster wat sy skaars ken en dié se aangetroudes.

Die son brand vel op haar neer en sy voel die warm lug in haar neusgate en in haar lugpyp vasgevang. Die sweet loop in onbeskaamde straaltjies onder haar wit kappie uit en verdamp nog voordat dit teen haar rug kan afloop. Haar ma het gesê dis 'n dag se stap tot aan die onderpunt van die vallei, maar wat as dit langer is en die donker oorval haar? Daarvoor sien sy nie kans nie. Nie hier waar daar nog soms 'n verlore leeu of tier gesien en gehoor word nie. Sophie versnel haar pas aan die gedagte hieraan.

Teen laatmiddag kom sy by die draai waar haar oupagrootjie, Groot Willem Prinsloo, geboer het. Al wat oorgebly het van sy boorde wat eens vol vrugtebome was en sy propvol groentetuine, is die keerwalletjies. Waar eens perske- en appelkoosbome hulle takke gesprei het, is net droë, swart stompe nou sigbaar. Nie 'n siel bly meer hier nie. Hulle het weggetrek, opgepak en nie een keer teruggekyk nie. Haar pa het haar vertel dat Groot Willem en sy vrou, Sybella, begrawe is teen die randjie agter die huis waar hulle ooswaarts kyk – in die rigting van die opkomende son. Daar waar hulle hoop en nuwe lewe vandaan sal kom ... Sal Botmansgat, wat na die weste is in die rigting van die dalende son, vir haar nuwe hoop en nuwe lewe gee? En Here, as dit U wil is, 'n man om voor lief te wees ...

Met 'n hart vol moed, het die jonge Sophie die tog in 1900 aangepak. My oumagrootjie wie ek nooit geken het nie, maar wie die hoofkarakter in baie stories van my kinderdae was, het my nog altyd gefassineer.

Ek weet nie veel van haar af nie en alles wat ek wel weet is mondelings aan my oorgedra deur my ma en haar susters deur middel van kort storietjies – venstertjies in haar lewe in.

Op sepiafoto's kyk sy 'n mens "vas". Haar uitdrukking een van kalmte, geloof en moed.

Daardie dag om en by 1900 het sy uiteindelik laatmiddag om die laaste draai en kronkel van die rivier gekom en die plaat turksvye voor haar aan die regterkant van die pad gewaar. Iemand moes vir haar gesê het dat sy hier moes indraai en die paadjie volg tussen die groen dorings deur. Het haar rokkie dalk vasgehaak aan die skerp punte? En toe sy die hoefslae van voor af hoor kom, moes die drang om weg te kruip of weg te hardloop baie sterk in haar are gepols het. Die figuur op die sierlike perd was "Boet Garkie", Gideon Jacobus de Klerk, my oupagrootjie. Hy is laatmiddag gestuur deur jong Sophie se suster om te gaan kyk of sy aankom. Gideon was toe reeds 28 jaar oud; 12 jaar Sophie se senior. Hardwerkend, 'n goeie perderuiter, 'n man met vaste beginsels.

Ek weet nie hoe die ontmoeting was nie, want dit sou die eerste keer wees dat hulle mekaar sien. Ek weet ook nie of hy haar op sy perd getel het en gelei het nie en of hulle albei verkies het om skaam-skaam langs mekaar huis toe te loop nie. Maar ek wil glo dat hy haar saam met hom op sy perd getel het en in die rigting van die sakkende son gegalop het. Ek wil glo dat sy haar jong arms huiwerend om sy lyf gesit het en oor sy skouer weswaarts gekyk het, na nuwe hoop en nuwe lewe ...

Een kans in sewe-en-dertigduisend

Betsy Stoltz

Die Oujaar het nou maar die manier om 'n mens te laat dink oor die nuwe een.

Die vier van ons wat elke ses weke kaart- en bordspeletjies speel kon ook nie die versoeking weerstaan om oor die nuwe jaar wat voorlê te bespiegel nie. Dit sê natuurlik ook iets as net vier mense Oujaarsaand bordspeletjies speel. Die Duitse paartjie het die gewoonte om 'n stukkie lood warm te maak vir elke mens, dit in koue water te dompel en dan volgens die vorm waarin dit vries, 'n voorspelling te maak oor die komende jaar. Bleigiessen noem hulle dit, en elkeen se toekoms in die komende jaar lyk anders.

"The shape of the cooled lead determines the future of that person for the year to come."

En dit kan heel interessant wees! As jy 'n bok sien beteken dit jy kan 'n erfenis verwag, 'n wapperende vlag beteken dat jou hart en gedagtes verdeel is, en 'n vurk dui daarop dat jy bakleiery en argumente moet verwag.

Vir my gereformeerde siel klink dit na heul met waarsêers en geeste, maar ek probeer hard om nie te dogmaties te wees nie. Van ons vorige vriende het juis gesê ek sien dinge té swart en wit. Die Duitse paar is van die vriende wat ek oorgehou het, en die vierde been aan die wa is die ander geskeide vrou. Haar man het haar gelos net na myne besluit het na dertig jaar dat die ander weivelde nou meer gereeld moet aandag kry.

Dis dié dat ons vier hierdie Oujaar saam besin oor wat die komende jaar sal inhou.

En ten spyte daarvan dat ons al jare saam kaart speel, is die wense vir die toekoms te na aan die hart om sommer so te sê. My alleenvriendin, Daleen, is darem eerlik genoeg om te sê dat sy gehoor het as 'n mens aanhou om dieselfde roetine te volg as jy oor vyftig is, is die kans dat jy 'n geskikte, nuwe iemand sal ontmoet, een in sewe-en-dertigduisend. En selfs vir my, wat 'n verbete sekerheid het dat die regte man vorendag sal kom, is dit rowwe odds.

Net daar en dan besluit ons twee toe om tóg die webwerwe vir alleenlopers te besoek. Vir ons kinders is dit vanselfsprekend en alledaags, of dit nou vir 'n vinnige aand uit of 'n meer permanente reëling is. Vir mense wat langer getroud as ongetroud was, en in elk geval rede het om mense, of om eerlik te wees, mans, te wantrou, is dit 'n ander saak.

Watter webwerf, hoeveel geld, waar kry 'n mens 'n profielfoto wat lyk na iets, maar nie te veel na iets anders nie? En dan die vraelys: hoe beskryf jou vriende jou, wat is vir jou belangrik in 'n verhouding, waarsonder kan jy nie klaarkom nie, wat is nie onderhandelbaar nie?

Die uitdaging met dié tipe vrae is dat jy dit eers vir jouself moet vra, en dat die antwoorde, soos enige iemand wat 'n agtergrond in kommunikasiekunde het sal weet, sal verskil afhangende van die gehoor. Met 'n sterk selfbeeld en eerlike aanslag probeer ek die vrae antwoord – ek is dankbaar vir die volgende drie dinge: goeie verhoudings met belangrike mense, tye van stilte en die geleentheid om kreatief te wees. Sê ek iets oor kinders? Is dit te veel inligting aanvanklik? Boeke maak my bly, ek hou daarvan om met my hond te gaan stap, sal gaaf wees as hy kan spel. En dan is dit duidelik dat ek soos iemand klink wat ek nie noodwendig wil ontmoet nie!

Die grense wat jy moet vasstel vir die wat dalk in jou mag be-
langstel, wys hoeveel ons staatmaak op die inligting wat 'n mens
kan sien en hoor in 'n oogwink; hoe ons besluit téén iemand
sonder om hom te na te kom in die eerste sekondes. Hoe ver
weg kan hulle bly – net in my stad, of enige plek in die land? Wat
van geloof (en hoop en liefde), rook, drink, diere, kinders en
stokperdjies. Kort, lank, fiks, versorg, bles. Naweke weg en die
stap langs die strand – alle mans dink dis gepaste stokperdjies
en 'n paar is meer spesifiek oor Saterdagoggende in die bed.

Die invul van die lyste en persoonlikheidsprofiele is net die
begin ... Dan kom die besluite of 'n mens eerste sal reageer op
die profiel van iemand wat interessant lyk, of jy sal wag tot hy
reageer en wanneer jy jou eie naam en nommer verskaf? Meeste
mense se profiele is nie heeltemal eerlik nie – ek dink ons is
almal bang ons loop iemand bekend op die web raak, ten spyte
van die onwaarskynlikheid daarvan.

Toe, na drie maande, bel Daleen en sê sy het iemand ontmoet.
Iemand geskiks, in dieselfde lyn van werk, professioneel, gaaf,
en nie onfiks nie. Nog nie geskei nie, maar ...

Intussen wag ek steeds vir die flitsende liggie op my foon wat
aankondig dat iemand my profiel besoek het ... besoek het, en
toe besluit het om niks te sê nie ... Skielik het die speletjie nóg
snykante gekry; niemand dink dis die moeite werd om eers 'n
glimlag te stuur nie. En as hulle sou, wil ek regtig graag hoor
van die konstruksiewerker wat daagliks en gereeld rook, die
bestuurder wat graag perdewedrenne bywoon, of die man wat
aankondig dat persoonlike higiëne vir hom baie belangrik is?
Nie 'n woord oor idees, of boeke nie ...

Dan kan ek verstaan hoekom die man wat 'n boekelys as deel
van sy profiel het, of een wat ook van treinreise hou, klink of
hy interessant kan wees. Dit is bitter min om op te gaan, maar
darem seker beter as niks? En van wanneer af is "beter as niks",
goed genoeg? Maar sewe-en-dertigduisend? Ek sit nóg 'n foto by,
een waar ek glimlag en nie 'n serp dra nie. Ek pas my profiel aan,

sê iets oor die soort van reis waarvan ek hou, water die vereistes 'n bietjie af.

Saterdagaande is die jong polisieman wat in Oxford werk en Grieks kan lees, my geselskap. Van die moorde onthou ek niks, maar die aanhalings uit die letterkunde bly my by. Wallander lyk ook goed, al is hy depressief en word ek bang as ek kyk na sy afgeleë huis. Daleen beplan 'n oorsese reis saam met haar vriend en hulle dink daaraan om saam huis te koop. Hulle kinders het mekaar nog nie ontmoet nie, maar ek onthou sy het gesê 'n mens kan nie alles kry wat jy wil hê nie, so vyf-en-sewentig persent sal genoeg wees.

Een of twee keer kom ek tóg aan die gesels. Een berese, gawe man stel in kuns belang en doen moeite om vir my foto's te stuur van sy groentetuin. Hy is 'n wewenaar – met miskien minder bagasie as sommige van die ander mans – en hy stel belang in my opinie ook. Tot hy wil hê ek moet 1 000 km ver trek en in die huis waar hy sy hele lewe al bly, kom intrek. Dít terwyl hy my nog nie in lewende lywe gesien nie, nie dat dit hom noodwendig sal afskrik nie, maar 'n mens wil jou standaarde darem nie só laag stel nie! 'n Ander een kan nie na agtuur in die aand gesels nie, want hy moet genoeg slaap kry vir die volgende dag. Selfs met baie besige lewens hoop ek steeds vir die lang gesprekke aan die begin van leer-mekaar-ken wat aanhou sirkel op soek na raakpunte. Ek hou van slaap, baie, maar ook van lewe.

En dan is daar een wat woorde helder en deurdringend kan gebruik. Daarvan hou om sport te kyk, ook soos ek in die nag opstaan om 'n span te ondersteun, iemand wat kyk na die aard van dinge. Iemand wat vir my bevestig dat die wisselwerking van idees iets is wat ononderhandelbaar is. En hy sê hy is dankbaar dat daar in die voortdurende stroom van e-posse iets is wat na lig lyk.

Die Duitse paartjie het die afgelope jaar 'n nuwe huis ge-koop en hy het 'n beter werk gekry. Ek moet tog weer vra wat hulle gesien het in hulle loodsmeltery. Was dit 'n seilboot vir werksvooruitgang?

Ek het nou net gekyk wat die vorm van 'n komeet beteken. Dit beteken: 'n deurbraak kom. Komete maak seker lig ook? Wie het gesê dis 'n komeet? Wie sê dit was nie blomme nie; blomme beteken nuwe liefde.

Ek wag nog vir die komeetman, want die een waarmee ek gepraat het, het gou uitgebrand, sy tong sleep-sleep sukkelend om woorde uit te kry. Met die klink van sy glas in die agtergrond.

Dalk het my stukkie lood niks met 'n man te doen gehad nie. Dalk is die deurbraak dat die man nie op webwerwe rondswerf nie. Dié jaar gaan my stukkie lood na 'n bos blomme lyk ...

Erfgoed is swerfgoed

Evert Louw

Ek het nog nooit in my lewe iets geërf nie. Dit is nou tot my tant Rozanne se skielike afsterwe, nuus wat ek per prokureursbrief moes verneem. Toe ek oor die ergste skok kom, lees ek tot my verbasing dat ek as erfgenaam benoem is. Ek onthou vaagweg uit my kinderdae, toe ons laas kontak gehad het, dat my tante nou nie juis vermoënd was nie. Tog kry die nuuskierigheid vinnig die oorhand oor my bedenkinge. Om uit te vind wat presies ek so onverwags ryker geword het, reël ek 'n afspraak met meneer Brown van Brown en Brunette Prokureurs.

Meneer Brown kyk bysiende oor halwe lense na my en deel my saaklik mee dat tant Rozanne se karavaan aan my bemaak is, en dat ek so gou doenlik my erfstuk moet gaan wegsleep.

Broer Gert is nie dik van die lag toe ek hom vra om die karavaan met sy bakkie te haak nie. "Wed jou dis 'n verroeste wrak wat jy nie eers vir scrap verkoop sal kry nie. En waar gaan jy die ding parkeer?" Ek gee hom toe "daai kyk" wat susters reserveer vir broers wat effe swaar van begrip is.

"No way! Nie nóg 'n wit olifant op my plot nie!"

Ek kan nogal oorredend wees as ek wil. "Seblief, Ouboet," sê ek met laatlammetjie-oë. "Net vir 'n daggie of twee. Ek sal hom verkoop voordat jy 'Gumtree' kan sê."

"Oukei, oukei, jy sal nog frieken ys aan 'n Eskimo verkoop," sê hy gelate. "Maar dan moet ons dadelik ry. Ek het nie heeldag tyd nie."

Dit gee 'n gesoek af om die bouvallige huis in die oudorp op te spoor, natuurlik tot Gert se ergernis. Toe ons uiteindelik voor die nommerlose tuinhekkie stop, staan die reuse karavaan reeds reggetrek in die oprit. "Verdomp-op-'n-klomp! As die helske gevaarte nie my clutch uitbrand nie, vreet ek 'n blikhoed op," sê Gert en fluit van verbasing. Hy het gelyk: Dis 'n monsteragtige karavaan met vier wiele wat die bouvallige pondokkie skoon verdwerg. In groot rooi en geel sirkusletters staan daar in 'n boog oor die deur geskryf: "GYPSY ROZE", en in kleiner letters op die deur: "PSYCHIC".

"Die ou vrou was wragtag 'n fortuinverteller! G'n wonder die familie het destyds wye draaie om haar geloop nie. Nou ja, kom ons haak en gaan, as my bakkie ooit die ding sal kan skuif," sê Gert beswaard.

Eintlik sleep die gevaarte heel maklik, danksy die dubbel-as en vier wiele. Gert parkeer my eerste en enigste erfstuk buite sig agter sy garages. Dis al skemer voor hy tevrede is dat nie een van sy spottervriende die "kameeltrein" van die pad af sal kan sien nie.

Ek is douvoordag die volgende oggend op. Toe ek die karavaandeur oopmaak, val dit my op hoe netjies alles is. Wat my oog dadelik vang, is die tafel met 'n kristalbal daarop, asook 'n pak Tarotkaarte. Die dertiende kaart, "Death", lê bo. 'n Muurkaart met die tekens van die zodiac daarop pryk teen die kant van die karavaan, met 'n groter as lewensgrootte foto van tant Rozanne teen die ander kant. In die foto dra sy 'n skelrooi sigeunerserp as kopdoek, en goue hoepeloorringe hang byna tot in haar nek. Ek kan sweer tant Rozanne se magiese swart oë volg my, maar miskien is dit te wyte aan die swak lig en 'n ooraktiewe verbeelding. Spooky! dink ek met 'n ysige rilling wat my rugsenuwees laat knetter van kortsluitings. Dis toe ek agter die tafel gaan sit en die kristalbal met albei hande optel, dat ek die visioen sien. Dit begin met 'n verblindende wit lig, en toe lê ek op 'n bewegende trollie wat in 'n gang af kwiek-kwiek met 'n sinistere gedaante in wit geklee agterna. Plafonligte flits een vir een verby, en volgende bevind ek my op 'n yskoue staaltafel in 'n ewe koue kas. 'n Staaldeur klap toe, en ek bibber soos nog nooit tevore in my dertigjarige bestaan nie. Toe hoor ek tant Rozanne se heserige rokerstem duidelik, asof sy langs my staan: "Ek is vermoor."

Die kristalbal glip uit my hande. As dit is hoe 'n erfstuk met 'n mens werk, wil ek liewer niks erf nie, besluit ek voor ek stadig uit die boaardse beswyming kom. Die kleedrepetisie van 'n migraine klop in my slape terwyl ek probeer sin maak van wat nou net met my gebeur het. Vrae soos hoekom iemand my skadelose ou tante sou wou vermoor, en wie tot so 'n daad sou oorgaan, maal in my kop. Al genade is om eenvoudig meer uit te vind oor die omstandighede rondom haar dood. 'n Beginpunt sal beslis die hospitaal wees waar sy oorlede is.

Met Parkinson-hande skakel ek weer die prokureurskantoor. Meneer Brown is in die hof, maar sy sekretaresse is behulpsaam, en gee my die naam van die hospitaal. Voor nege meld ek by ontvangs aan. Daar is niemand aan diens nie, en ek gaan sit maar op die ongemaklike, leuninglose bankie. Die gebou en die vertrek getuig van verwaarlosing en verval. Na 'n halfuur se gewag daag die ontvangsdame traag op.

Toe my beurt aanbreek sê sy net: "See records," en beduie my met 'n traak-my-nie-agtige swaai van haar hand die gang af. Nadat ek van Pontius na Pilatus en weer terug gestuur is, kom ek uiteindelik by die regte persoon uit. Ek moet vir 'n oomblik dink voordat ek my tante se van onthou: "R. Raubenheimer," sê ek hardop. Die oorsaak van haar dood? Nee, ek moet die dokter wat die doodsertifikaat uitgereik het vra, en nee, hy is vandag by 'n buitekliniek. Sy van? "Doctor Rodrigues, but he don't speak the English so good." Wanneer is hy beskikbaar? Onwillig trek sy die diensrooster nader, en sê dat die dokter "maybe" tussen agt en nege op kantoor sal wees.

Stiptelik om agtuur die volgende oggend is ek voor dokter Rodrigues se deur. Sy Engels is swakker as my Grieks, en na tien minute se Spanglish, maak hy 'n oproep om 'n tolk te ontbied. Verlig vra ek die tolk om te hoor waaraan my tante dood is, en waar ek die doodsertifikaat onder oë kan kry.

"He say she's dead." Ek tel vinnig tot twintig, en herhaal my vrae.

"He says he don't know."

Ek wil hom eers aanvat, maar bedink my betyds. Hoe kan die enigste dokter wat my tante behandel het niks van haar weet nie? Meer vasberade as ooit neem ek my voor om agter die kap van die byl te kom.

Ek ry terug karavaan toe, en as ek aan die kristalbal raak, is daar weer 'n flits soos weerlig, en ek bevind my terug in die dokter se kantoor. Ek sien hoe hy 'n dokument getiteld "Death Cer..." in 'n boek sit, en die boek op die boekrak terugplaas. My bene gee onder my mee, en ek syg neer op tant Rozanne se stoel. Voordat ek tot verhaal kom, sien ek op 'n lang, swart motor se deur die woorde "RIPFUSES". Ek laat sak my kop in my hande. Ek kan nie kop of stert uitmaak van wat ek beleef het nie. Naïef besluit ek om dit met my broer Gert te deel.

Hy is in die garage besig om aan sy bakkie se enjin te peuter. "Haai, Ouboet! Howzit?" Gert is egter die straatslimste ou wat ek ken.

"Oukei, sê liewer straight wat jy nou weer wil hê?" Ek gee hom 'n ligte klap oor sy breë blaaie. "Wie't iets van 'hê' gesê? Wanneer laas het ek jou 'n guns gevra?" Hy vee sy swart, olierige hande aan 'n ewe smerige lap af.

"So twee ure terug om presies te wees?"

"Gert, ek het 'n gesig gesien," blaker ek dit uit.

"Wie s'n?" wil hy weet sonder om op te kyk.

"Nie daai soort gesig nie, ou genie-Gert. 'n Gesig soos in 'n droom, of 'n visioen of ..." Gert gaap my geskok aan.

"Moenie jy ook met tant Rozanne se stront kom nie! Miskien moet jy minder wyn saam met etes drink."

Dit gaan moeiliker wees as wat ek gedink het, maar manmoedig probeer ek weer. "Ek het duidelik gehoor tant Rozanne sê sy's vermoor." Gert spring op vanwaar hy gebukkend oor die enjin staan. Hy stamp sy kop hard teen die enjinkap.

"Bliksem! Waar kom jy aan die rubbish? Is jy alweer besig om my siel uit te ryg?" Ek probeer hom paai en verseker van my goeie bedoelings, maar sonder sukses. Hy druk sy ore met sy vuil hande toe en sing die Blou Bul-song so hard as wat hy kan in sy toondowe stem. Ek blaas maar die aftog. Geen mens kan sulke marteling vir meer as 'n minuut verduur nie. Sodra hy sy gebulk soos dié van 'n gefrustreerde seekoeibul in paringstyd staak, stap ek terug.

"Gertjieee ... wat is jou pel Andries se selnommer nou weer?" Gert gee 'n waarskuwende buffelsnork.

"No way! Jy gaan nie weer ou Dries se hart flinters trap nie. Jy gaan hom ook nie opsaal met hierdie gevrete en stemme wat jy ewe skielik sien en hoor nie."

Ek gryp sy selfoon wat byderhand teen die windskermveër lê, en begin hardloop, welwetende dat sy pilsenerpens sy grootste handicap is. Toe hy soos 'n tifoon deur die huis trek, het ek hoeka Andries Pieterse se nommer vir myself geWhatsApp, en is ek driekwart op pad na my kar toe.

Andries is onlangs tot speurder-sersant bevorder. Alhoewel hy 'n kantoor met drie ander speurders deel, lyk hy bly om my te sien. Hy's nie heeltemal 'n kunswerk nie, maar heel aantreklik op 'n robuuste, manlike manier. Miskien is Gert reg – ek moes hom nie laat wegkom het nie, maar dinge het te gekompliseerd geraak met sy egskeiding wat so lank gesloer het en hom oornag gereduseer het tot die van kerkmuis.

"Hi, Antjies!" noem ek hom spontaan op my troetelnaam vir hom toe dinge nog warm tussen ons was. Hy bloos kalkoenrooi en gee my 'n ongemaklike drukkie.

"Waar val jy uit?" probeer hy sy ongemak wegsteek, bewus van sy kollegas se oë op ons.

"Kan ons iewers praat?"

Ek praat, en hy luister – na die hele storie van my erfporsie en die ontstellende gesigte wat ek sien. Dis wat ek van hom waardeer, besef ek – sy vermoë om met volle konsentrasie na 'n mens te luister en nie te oordeel, of kommentaar te lewer, voordat hy alles gehoor, en dit deeglik oorweeg het nie. Nadat ek elke detailtjie kwytgeraak het, gee ek hom kans om daaroor na te dink.

Toe hy die uitgerekte stilte uiteindelik onderbreek, is dit my beurt om geskok te wees. "Ek het met 'n verpleegsuster van die hospitaal uitgegaan, maar sy is daar weg omdat die bestuur van die plek so vrot is. Sy het my vertel dat daar vreemde dinge by die hospitaal gebeur, soos pasiënte wat verdwyn en lyke wat soek raak. Omdat niemand 'n formele klag gelê het nie, kon ek niks doen nie, maar jou tante se geval lyk kwaai verdag. As jy die doodsertifikaat in die hande kan kry, kan ek ondersoek instel."

Die volgende oggend gaan ek hospitaal toe. Met die omruiling van skofte, stap ek doelgerig na dokter Rodrigues se kantoor. Die deur staan half oop, en toe ek klop en daar geen antwoord is nie, stap ek doodluiters binne. Ek pyl op die boekrak af, en visualiseer waar hy die boek ingedruk het in my visioen. In die tweede boek wat ek uithaal, is die doodsertifikaat. Die oorsaak van dood is in tipiese doktershandskrif: skaars leesbaar. Uiteindelik maak ek die woord uit: "Congelación". Dis in Spaans! Met 'n hart wat kort agter my kleintongetjie klop, skakel ek die antieke rekenaar aan. Ek google die vreemde woord, en die vertaling daarvan is "blootstelling". Blootstelling? Waaraan? Die ysige koue wat ek in my visioen ervaar het pak my beet en ek ril tot op my kleintoontjie se punt. Vinnig skakel ek Andries se nommer en vertel hom van my vermoede. "Wag net daar; ek's op pad." Toe trek iemand hardhandig 'n sloop oor my kop, en ek voel die prik van die naald in my arm. My selfoon val uit my kragtelose hand tot op die lessenaar.

Eers word alles donker, en toe ek bykom voel ek die koue staal onder my lyf, en sien die verbyflitsende plafonligte, presies soos in my visioen. Ek wil regop sit, maar is heeltemal verlam. Die trollie waarop ek lê gaan met 'n stamp 'n vertrek binne, en die doodsreuk styg walgend op in my neus. Ek word hardhandig oorgelaai op 'n staallaai, en weereens is dit donker as die deur agter die skimagtige figuur toeklap. Ek bibber onwillekeurig van die koue. Hoe lank ek daar gelê het, weet ek tot vandag toe nie. Toe ek uiteindelik die gevoel in my ledemate terugkry, kon ek blykbaar daarin slaag om die deur oop te kry en te ontsnap – my geheue laat my nou nog in die steek oor daardie angswekkende oomblikke. Ek strompel in die gang af met die plafonligte wat erg uit fokus is tot by dokter Rodrigues se kantoor, waar die deur oopgaan, en ek my in Andries en die dokter vasloop. My knieë swik, en hy gryp my vas. Uit die hoek van my oog sien ek hoe die dokter paniekerig die gang af nael.

"Vang hom!" beveel ek floutjies, maar Andries hou my vas, en sê: "Toemaar, hy sal nie ver kom nie." Ek weet net ek is veilig by hom, en kan die beswyming maar sy gang laat gaan.

Dis al laatmiddag toe ek eers wakker word. Ek is in 'n hospitaalbed, en Andries hou my hand vas. Gert staan oorkant my soos 'n voorbode. "Ek's so lus en bliksem onder julle twee," sê hy, maar ek kan die verligting in sy stem hoor dat ons veilig is.

"Wat het gebeur Antjies?" vra ek, nog nie mooi by nie.

"Toe ek by die dokter se kantoor opdaag, was hy nie in sy kantoor nie. Soos jy, stap ek sommer in, en toe lui jou pienk foontjie op sy lessenaar. Dit was Gert wat wou weet waar jy is. Dis toe dat ek onraad vermoed. Met die dokter se terugkeer identifiseer ek myself, en wys hom jou foon. Op skaflike Engels sê hy toe dat hy my sal gaan wys. Dis op daardie oomblik dat jy jou teen my vasgeloop het."

"Het julle hom toe gevang?" wil Gert weet.

"Ja," antwoord Andries, "op pad lughawe toe is hy gearresteer, en het met sy ondervraging gesing soos 'n papegaai op steroïdes. Hy het blykbaar met 'n begrafnisondernemer saamgewerk om lyke te steel en te verkoop. Wanneer daar te min was, het hy pasiënte wat ernstig siek is lykshuis toe gevat om daar aan blootstelling te sterf. Terloops, die woord "RIPFUSES" wat jy in jou gesig gesien het, staan vir "Rest in Peace Funeral Services".

"Ek wil nie meer die karavaan erf nie. Jy kan hom maar kry, Gert," sê ek vakerig voordat ek weer wegraak, met my hand nog knus in Andries s'n.